N&K

»Das erste Mal kamen die Geister in der ersten Klasse, als ich mich im Büro meines Vaters fast zu Tode gelangweilt hätte. Ich lag stundenlang auf dem Teppichboden, und hielt die Arme in die Luft, und untersuchte meine Hände, bis sie kalt waren und kribbelten. Wenn ich auf dem Bauch lag, untersuchte ich den Teppich. Von Weitem war er grau. Von Nahem sah man aber, dass da auch rote und grüne und blaue Fäden eingestickt waren. Manchmal lag ich mit der Wange direkt darauf, und schaute über die Maschen wie über eine Wüste. Der Teppich roch modrig nach Staub, er stach mir in die Haut, und jeder Krümel schaute darauf aus wie ein Gesteinsbrocken auf einem fremden Planeten.«

Flurin Jecker, 1990 in Bern geboren, studierte Biologie und Literarisches Schreiben. 2017 erschien sein Debütroman »Lanz«, wofür er mehrfach ausgezeichnet wurde. Heute arbeitet er als Mentor und gibt Workshops in Literarischem Schreiben. Er ist Vater eines Kindes und lebt als freier Schriftsteller in Bern. Im Frühjahr 2025 erscheint sein dritter Roman bei Nagel und Kimche.

Flurin Jecker

Ultraviolett

Roman

NAGEL UND KIMCHE

1. Auflage 2024
Ungekürzte Taschenbuchausgabe bei
NAGEL UND KIMCHE in der
Verlagsgruppe HarperCollins Deutschland GmbH, Hamburg

Umschlaggestaltung von wilhelm typo grafisch, Zürich
Umschlagabbildung von ganjalex/Shutterstock
Gesetzt aus der Centennial
von GGP Media GmbH, Pößneck
Druck und Bindung von CPI books GmbH, Leck
Printed in Germany
ISBN 978-3-312-01361-6
www.nagel-kimche.ch

Druckprodukt mit finanziellem
Klimabeitrag
ClimatePartner.com/15109-2009-1001

MIX
Papier
FSC® C083411

Für meine Eltern

Eule

Die gescheckte Frau

Sorry, dass ich mich so lange nicht gemeldet hab, alter Kumpel. Aber du hast mir ja keine Adresse dagelassen, du bist ja nicht blöd, aber darum konnte ich dir nicht schreiben, bis jetzt. Zum Glück hat die Polizei endlich rausgefunden, wo du steckst. Nein, keine Angst, die sind kein einziges Mal aufgetaucht, wahrscheinlich könntest du auch einfach wieder zurückkommen, die interessieren sich überhaupt nicht für dich. Jetzt fragst du dich sicher, wie ich auf die Idee gekommen bin, dir zu schreiben. Aber ich wünsche mir halt schon lange, dass ich dir ab und zu sagen könnte, was hier so läuft. Und heute traf ich eine in der Perle, und als ich ihr von dir erzählte, sagte sie, dass ich dir doch einfach schreiben solle, das komme schon bei dir an. Und zuerst dachte ich, sie wolle mich verarschen, aber weil sie dann nicht zu mir nach Hause kam, dachte ich, *egal, ich schreibe jetzt Eule.* Ob das nun tatsächlich bei dir ankommt, ist dann eine andere Frage.

Hier ist eigentlich alles in Butter. Ich wohne immer noch in unserer Wohnung, und die sieht eigentlich auch immer noch aus, wie du sie verlassen hast. Dave findet das lustig, dass es aussieht, als ob du immer noch da wohnen würdest. Er denkt, ich sei wie diese Eltern, deren Kind entführt wurde, und die das Zimmer jahrelang nicht anfassen, weil sie hoffen, dass es irgendwann wieder zurückkommt. Mit dem Unterschied, dass ich wirklich weiß, dass du irgendwann wieder da sein wirst.

Heute war Party in der Perle, draußen auf dem Schiff. Sveni, Dave, Sara und Daniel waren auch da, und es war heiß, und schön, und die Frauen auch, und die Typen werden irgendwie auch immer geiler, wenn du mich fragst. Das kommt wohl, weil niemand mehr neben mir steht, der die ganze Zeit sagt, dass ich *der da hinten* doch mal *hallo* sagen solle. Irgendwie vermisse ich das eben schon. Aber wahrscheinlich hast du halt einfach nicht an mich gedacht, als du dich entschiedst, abzuhauen. Weil du das *für dich* gemacht hast, was ja nicht das schlechteste Argument wäre. Es war halt einfach schade, dass du nicht da warst, heute, das ist alles. Ich stand mit Sven auf der Kajüte über dem DJ und schaute runter zu den tanzenden Leuten auf dem Schiff, und es kam mir vor wie auf dem Meer, weil sie wegen der Hitze die ganze Zeit den Zerstäuber laufen ließen, und alle so farbig in der Sonne glitzerten. Es war kein normales Fest, wahrscheinlich das letzte in diesem Sommer, das schienen alle zu spüren. Sogar Sven sagte einmal, das sei ja *richtig gut* heute. Wir hampelten eine Weile nebeneinanderher, und ich hielt mich am Geländer fest, und schaute, wer zurückschaute. Es waren alle da, die immer da sind, Fiat und die Mädchengang, die Leute aus der Elke und so weiter. Die Einzige, die schlecht gelaunt zu sein schien, war Sara, weil Daniel den Rave quasi schon vor dem Start gewonnen hatte. Er stand neben ihr, drückte ihr die Hand und schwitzte wie ein Kamel. Irgendwie erinnern sie mich in letzter Zeit an Michael Schumacher und Rubens Barrichello vor weiß nicht wie vielen Jahren. Sara wäre ja locker gut genug, um selbst Weltmeisterin zu werden, wenn sie nicht ausgerechnet mit dem Jahrhunderttalent im Team gelandet wäre.

Dave dagegen ging es spitze wie immer. Er stand am Bug vor der Bar und konnte wieder mal nicht glauben, wie geil das alles war. Er zeigte mir den Vogel und rief mir über die Leute zu: »BRU-TAL!« In Daves Schatten stand eine, die dreinschaute, als wollte sie gleich wieder nach Hause. Sie sah sehr jung aus, und hübsch, keine Frage, mit kurzen, dunklen Haaren, nur schien sie sich irgendwie nicht bewegen zu wollen. Sie stand einfach nur da wie ein Ochse. Und natürlich fand ich das lustig, ich fragte mich eben nur, was sie da wollte. Ich starrte sie an, und hoffte, dass sie mich sehen würde. Dann sah ich, dass sie einen Fleck im Gesicht hatte.

»Schau dir die mal an!«, sagte ich. »Die neben Dave, mit dem Fleck im Gesicht.« Sven kramte in der Hosentasche und gab mir eine Zigarette. »Ich sagte, du sollst dir die da hinten reinziehen. Ich will keine Zigarette. Oder doch, gib mir doch bitte eine.« Ich fragte mich, ob sie spürte, dass ich sie anschaute, weil sie plötzlich so geradeaus starrte. Ich fixierte meinen Blick, und dachte, *warte nur, gescheckter Ochse, dich werde ich schon zum Tanzen bringen!* Dann schaute sie zu mir hoch.

Ich ging die Treppe runter zu Dave und fragte ihn, ob es ihm gut gehe. Er sagte: »Wenn das so weitergeht, haben wir ein Problem, Heldi. Danzig regelt das hier extrem.«

Dann erst sah ich den DJ in der Kajüte: »Wie sieht der denn aus?!« – »Schon sehr scheiße, da hast du recht.« Ich drehte mich um und tippte sie an die Schulter. »Hey, hallo! Ich bin Held.« – »Was?« – »Held, freut mich.« – »Du heißt Held?« – »Ja, und du?« – »Mira.« Sie war aus der Schweiz, und darum hörte ich dich bereits, wie ich dich immer reinreden höre: *Kein Wunder, dass sie ihren Arsch nicht bewegen kann!* Ich stellte ihr Dave vor, er gab ihr zwei Küsschen und tanzte weiter. »Er *liebt* Techno. Er ist einer der ganz großen Fans.« – »Du siehst auch so aus.« – »Wie was?« – »Wie ein Fan.« – »Soll ich eigentlich wieder gehen? Geh ich dir auf den Sack?« Und weil ich sie auf Schweizerdeutsch gefragt hatte, fragte sie, wie ich es ihr angehört hätte: »Ich dachte, man hört es nicht.« – »Das dachte ich auch mal.« – »Und jetzt?« – »Nicht mehr.« – »Eigentlich habe ich mir vorgenommen, nur Deutsch zu reden. Ich muss üben.« – »Klar.« – »Dann solltest du aber auch.« Und vielleicht erinnerst du dich, wie ich am Anfang auch dachte, so reden zu müssen wie du, bis du mir sagtest, *dass ich endlich aufhören solle mit dem Quatsch!* Ich dachte, dass es dir doch egal sein konnte, wie ich redete, aber natürlich war dir das nicht egal.

Sie fragte dann *auf Hochdeutsch,* ob ich hier wohnen würde. Dann lachte sie über sich selbst. Als ich sagte, ich sei seit neun Jahren da, sagte sie, sie seit zwei Wochen. »Und warum bist du hier?« – »Hier in der Stadt? Oder *hier* hier?« – »Egal«, sagte ich. »Weiß nicht«, sagte sie. »Ehrlich gesagt, habe ich gar nicht genau gewusst, was das hier sein soll.« – »Eine Party.« – »Das wusste ich.« – »Das ist auch schon alles. Und das ist übrigens auch der Grund, warum ich zu dir gekommen bin. Ich habe dich gesehen. Und irgendwie habe ich gedacht, dass dir ein bisschen Bewegung guttun würde.« – »Hast du gedacht.« – »Und darum dachte ich, dass wir eine kleine Abmachung treffen könnten. Einen kleinen mündlichen Vertrag.« – »Du willst, dass ich für dich tänzle?« – »Für uns beide, quasi.« – »Und du vergibst dann Punkte?« – »Ich verspreche dir im Gegenzug, dass es lustig wird.« Ich hielt ihr die Hand hin, worauf sie ihre so weit zurückzog, dass sie Dave fast den Ellbogen ins Gesicht gerammt hätte. Dann schaute sie mich an und sagte: »Also gut. Aber nur, wenn du nicht gleich wieder abhaust, du Arsch.«

Siehst du!? Ich mache im Großen und Ganzen immer noch dasselbe wie früher. Darum würde ich lieber mal gerne wissen, was du so machst, die ganze Zeit, in deiner Scheiß-Tundra. Und wie du da überhaupt hochgekommen bist. Ich stelle mir vor, wie du an der Straße standest, mit dem Schild in der Hand: *Lappland, schnell!* Und natürlich hoffe ich, dass du gefunden hast, was du dir wünschtest. Übrigens habe ich dir ja gar nie Danke gesagt für den Brief. Und dass ich wirklich lachen musste. Ich habe den Wenigsten erzählt, warum du gegangen bist, ich sagte meist einfach, dass du von den Bullen gesucht wurdest, und darum abhautest, weil ich halt glaube, dass dich sowieso niemand verstehen würde, da es mir ja selbst vor dir peinlich ist, zuzugeben, dass ich gerne wissen würde, ob du den Weihnachtsmann nun gefunden hast oder nicht. Ich möchte mich auf jeden Fall für die fünf Minuten bedanken, in denen ich wirklich lachen musste. Es war halt einfach, dass die Zeit danach viel länger dauerte. Eigentlich bis heute. Ich will damit nicht sagen, dass mein Leben scheiße ist. Am Anfang schaffte ich es ja sogar, so weiterzuleben, als ob nichts passiert wäre. Wenn ich spät nach Hause kam, schenkte ich mir einen Schnaps ein und stieß mit dem Gläschen an meinem Kopf an, und lachte, weil ich wusste, dass du auch gelacht hättest. Schlimm wurde es eigentlich erst im Winter, als ich realisierte, dass ich mir den Whiskypunsch nun selbst zubereiten musste. Und ich mich nicht entscheiden konnte, ob ich Nelken reintun solle oder nicht, weil ich sie einerseits immer noch scheußlich fand, ich andererseits wollte, dass er schmecken würde wie dein Original-Punsch. So stand ich dann eine Ewigkeit vor dem Topf und dachte, *du musst sie ja nicht reintun, er ist ja nicht da, mach, was du willst*. Dann schmiss ich sie in die Spüle, und die Teile rieselten alle herum, dass die Wohnung am Ende roch nach, keine Ahnung, Scheiß-Nelken halt.

Im Frühling ging es dann besser, weil es auch wieder mit dem Sex lief, weil ich plötzlich so viel Zeit dafür hatte. Aber irgendwie sagten die meisten irgendwann etwas wie, *so ist halt das Leben,* was mir dann die Lust an ihnen nahm, und ihnen ja gleichzeitig recht gab. Aber das klingt jetzt alles schlimmer, als es ist. Ich habe ja immer noch Dave und Sveni und die beiden Ferrariracer, und die sind auch immer noch die Alten. Ich hatte dann also eine Abmachung mit Mira, und weil ich ihr versprochen hatte, dass es lustig werden würde, holte ich uns erst mal ein

Bier, stieß mit ihr an und fragte, ob sie Drogen nehme. »Also nicht, dass du müsstest. Darüber steht nichts im Vertrag. Ich und Dave würden nur langsam mal nachlegen.« – »Du hast mir versprochen, dass du da bleibst«, sagte sie. »Keine Angst.« – »Ich habe keine Angst, du *Held*. Zeig mal.« Ich gab ihr eine Pille und sagte, wenn sie wolle, könnten wir uns eine teilen. Sie guckte sie sich an, und ich hielt die Hand davor, damit nicht alle noch dachten, bei mir gäb's was umsonst. Als ich sagte, dass sie sie mir zurückgeben solle, schloss sie die Faust und steckte sie sich in den BH. Ich wusste nicht, was das heißen sollte, aber immerhin tanzte sie jetzt zum ersten Mal richtig.

»Das macht dann bitte sieben Euro, Freundschaftspreis«, sagte ich. »Ich dachte, das sei ein Geschenk!« – »Wir können uns gerne eine teilen, wenn du willst. Die Halbe geht aufs Haus!« Aber sie wollte *die Ganze* haben. Sie sagte, sie hätte noch nie eine live gesehen. »Du hast ja sicher noch viele von denen.« Und als ich sagte, dass sie auf keinen Fall die Ganze auf einmal nehmen solle, zuckte sie nur mit den Schultern. »Wenn du eine Ganze nimmst, schaust du am Ende aus wie ein Chamäleon. Und wenn du Pech hast, musst du neu Lesen lernen.« – »Das wollte ich schon immer einmal wissen.« – »Was?« – »Wie das ist, wenn man nicht lesen kann.« – »Dann nimm vielleicht lieber gleich zwei.«

Ich haute Dave an, gab ihm eine Pille, er biss die Hälfte ab, und gab mir den Rest. Und jetzt pass auf: Ich sagte, sie müsse nur noch Ja oder Nein sagen. Also sagte sie Nein. Und ich nahm mein Teil. Dann sprang sie mich an, hielt meinen Kopf fest und versuchte meinen *Kiefer* auseinanderzudrücken. Sie sagte, dass ich die Pille wieder ausspucken solle. »Spuck sie wieder aus!« Und es kann sein, dass ich etwas überreagierte, weil ich sie dann so von mir wegschubste, dass Dave gedacht haben muss, ich sei in eine Schlägerei geraten. Und natürlich musste ich spätestens jetzt zugeben, dass du recht gehabt hattest, dass es ein Fehler gewesen war, mit diesem Ochsen einen Deal abzuschließen. Aber dann lachte sie, und sagte, das sei doch nur Spaß gewesen. »Du musst halt nicht sagen, dass du hierbleibst, wenn du es keine fünf Minuten aushältst, hierzubleiben.« Ich erklärte ihr, dass mich eine *Halbe* nicht gleich auf den Mond schießen würde. »Wir machen das schon ein Leben lang, musst du wissen.« Dann hätte sie eigentlich was sagen wollen, sagte dann aber nichts. »Sag doch!« Und wahrscheinlich gab es dann keinen Grund mehr, noch länger nebeneinander zu stehen. Aber irgendwie blieben wir eben doch da, und tanzten schweigend nebeneinanderher.

Irgendwann dachte ich, dass ich den Mund vielleicht doch zu voll genommen hatte, weil ich nicht mehr ganz bei ihr war, sondern irgendwo da oben in den Wölkchen. Ich gab ihr die Hand, auch wenn das erst recht verriet, dass ich gerade dabei war, mein Versprechen zu brechen. Dann hörte ich dich sagen, dass ich *mit diesem Ochsen im Schlepptau* niemals richtig würde abfliegen können. Aber ehrlich gesagt hatte ich die ganzen letzten Monate nicht richtig abfliegen können. Es hatte sich die ganzen letzten Monate angefühlt, als ob ich herumschweben würde wie ein Scheiß-Heißluftballon. Mit ihr an der Hand spürte ich wenigstens, dass das unter mir das Schiff, das hinter mir die Sonne und das in meinen Ohren der Bass war, der nicht aufhörte zu stampfen.

Erwachen tat ich dann, als sie sagte, sie gehe jetzt nach Hause. Die Sonne stand nur noch knapp über den Häusern, und ich war wohl doch irgendwie weg gewesen. Sie sagte *tschüss,* und ich hörte mich sagen: »Ich komme mit.« Sie lachte, wie man über ein Kind lacht: »Ich nehme dich nicht mit nach Hause.« Ich sagte, ich wolle sie nur begleiten, nur kurz, dann käme ich wieder hierhin zurück, *versprochen.* Und weil sie dann meinte, sie müsse sowieso noch zur Garderobe, sagte ich Dave, ich sei gleich wieder da. Dann standen wir vor dem Club, und die Musik war weg, und die Autos rauschten an uns vorbei. Und bevor ich realisieren konnte, dass es keine gute Idee gewesen war, mit ihr rauszugehen, fragte ich sie, ob sie den schönsten Ort der Stadt sehen wolle. Es seien nur fünf Minuten von da. »Ich wusste, dass so etwas kommt«, sagte sie. Ich klopfte bei einem Taxi. »Vergiss es!« Und weil ich an ihrer Stelle auch nicht eingestiegen wäre, sah ich mich schon wieder neben Dave stehen, als wäre ich nur kurz auf die Toilette gegangen. Dann fragte der Fahrer *sie,* wohin. Und ich sagte: »Zur Bucht!« Und sie sagte: »Wehe, du verarschst mich.« Auf der Fahrt redeten wir nicht viel, und weil sie vor mir saß, konnte ich ihr Gesicht nicht sehen, und wie es sie wohl nervte, mich nicht abgewimmelt zu haben. Gleichzeitig glaubte ich, dass sie wissen wollte, was das für ein Ort war: der schönste Ort der Stadt.

Als wir bei der Ziegelei ausstiegen, an deren Stelle jetzt übrigens eine dieser neuen Siedlungen steht, sagte ich, dass ich mal da gewohnt hätte, also nicht *da,* sondern in einer alten Ziegelfabrik. Rundherum habe alles brach gelegen, und da hätten wir so viel Platz gehabt, dass wir hätten Golf spielen und Speer werfen können. »Aber das ist eigentlich nicht, was ich dir zeigen wollte. Das war vielleicht mal ein schöner Ort, aber wirklich schön ist es hinter diesen Bäumen da.« – »Gell, du machst das immer so ... dass du Frauen *an den schönsten Ort der Stadt* mitnimmst. Das ist dein Trick.« – »Immerhin ist es der schönste Ort der Stadt! Und dass ich während einer Party hierherkomme, hat noch niemand geschafft.« – »Jajaja ...« Zum Glück war sie dann aber wirklich überrascht, als wir zur Bucht kamen, wo, außer uns, niemand war. Nur das Hausboot auf dem See hatte Licht. Als ich vorschlug, dass wir uns auf den Baum setzen könnten, konnte sie nicht glauben, dass da eine Palme wuchs. Sie hängt inzwischen so weit über das Wasser, dass man mit den Füßen den See berühren kann. Es ist eigentlich nur noch eine Frage der Zeit, bis sie bricht, und wenn sie bricht, nehme ich den nächsten Zug und komme zu dir, das kann ich dir sagen.

Sie wollte dann wissen, ob ich noch etwas anderes tun würde, als *die ganze Zeit* Party zu machen. Ich sagte, dass ich grundsätzlich ein ruhiger Typ sei. »Das heißt?« – »Ich mache auch anderes. Sag lieber du mal, warum du hier bist.« – »Ich habe dir ja schon gesagt, dass ich das nicht weiß«, sagte sie. »Du bist Künstlerin.« – »Bin ich nicht.« – »Du schreibst ein Buch«, sagte ich. Dann versuchte sie mich vom Baum zu schubsen. »Du musst wissen, dass alle hierherkommen, um ein Buch zu schreiben.« – »Du auch?« – »Nein, ich lebe hier.« – »Und was machst du in deinem *Leben?*« – »Ich bin kein Penner, falls du das denkst.« Und weil sie dann darauf wartete, dass ich sagte, was ich sonst sein solle, sagte ich: »Ich plakatiere. Und gebe Nachhilfe. Und ab und zu schreibe ich für ein Heft.« – »Was für ein Heft?« – »Hauptberuflich bin ich Plakatierer. Es heißt *Strom,* und es ging da mal um Techno. Inzwischen geht's aber vor allem um Kleiderläden.« – »Aber *du* schreibst bestimmt über Techno!? Der Letzte seiner Art!« – »Ich mache Interviews. Und habe eine Kolumne: *Heldenhaft durch die Nacht!*« – »Du hast eine Kolumne, die *Heldenhaft durch die Nacht* heißt?« Das hatte ich schon lange niemandem mehr erzählt. Wahrscheinlich, weil mir dann immer auffällt, was für ein Penner ich eigentlich doch bin.

»Jetzt sag lieber du mal, was für ein Buch du schreibst.« – »Nein, das ist peinlich.« – »Lass mich raten, du schreibst über eine Frau, die auf den Tag genau so alt ist wie du, so spricht und dasselbe tut wie du, dafür einen geileren Namen hat als du!?« – »Vielleicht solltest du das Buch für mich schreiben!« – »Tut mir leid, es interessiert mich wirklich.« Und weil sie dann immer noch nichts sagte, merkte ich, dass es stimmte, was ich gesagt hatte: »Komm schon!« – »Ich weiß nur, dass es so anfängt, dass eine Frau mit ihrem Sohn nach Südamerika will. Er ist sechzehn, und heißt Theo, und ist Autist, und spielt Cello. Und darum will sie dorthin, um mit ihm Straßenmusik zu machen.

Vielleicht auch, um seinen Vater zu finden, das weiß ich noch nicht so genau.« – »Und für ihn ist das okay, so, mit seiner Mutter?« – »Er ist *Autist!* Mann, ich weiß doch auch nicht. Können wir über etwas anderes reden?« – »Gut …« Ich schaute zu ihr rüber: »Warum bist du wirklich da?« Ich berührte ihren Fleck an der Wange und fragte, was das sei. »Vitiligo.« – »Ist das schlimm?« – »Wird immer schlimmer mit der Zeit.« – »Das sieht schön aus«, sagte ich. Dann durfte ich sie küssen.

Als sie endgültig nach Hause wollte, versuchte ich alles, um sie zu überreden, zu uns zu kommen. Ich sagte, wir hätten den besten Kaffee der Welt, er komme aus Peru – *aus Südamerika!* –, vor allem könne sie mich jetzt nicht allein lassen, da ich, seit mein bester Freund *Eule* abgehauen sei, jedes Mal in ein Loch fallen würde, wenn ich nach Hause käme, und darum gehe es mir um vieles – nur nicht um Sex. »Wer ist Eule?« – »Mein bester Freund.« – »Und warum ist der weg?« – »Weil er von der Polizei gesucht wurde, weil er Drogen verkaufte, und es immer sein Traum gewesen war, einmal wegzugehen, nach Lappland, zum Weihnachtsmann, wenn du es genau wissen willst.« – »Und was macht er da?« – »Ihm helfen.« – »Und wo ist er wirklich?« – »Keine Ahnung.« – »Was ist das denn für ein Arschloch?« Natürlich ging ich gleich in die Verteidigung, weil ich weiß, dass du das Beste gemacht hast, was du tun konntest. Wahrscheinlich war es einfach, dass ich spürte, dass ich wieder mal allein heimgehen musste, dass ich zum ersten Mal, seit du gegangen bist, dachte: *Stimmt, Eule, was bist du eigentlich für ein Arschloch?*

Was wir dann genau über dich redeten, ist jetzt nicht so wichtig. Sie sagte auf jeden Fall, dass sie mir empfehlen würde, dir zu schreiben, egal, wo du seist. Dann fragte sie mich lustigerweise doch noch, ob ich zu ihr kommen wolle, ich müsse nur wissen, sie stehe auf Frauen. Und natürlich dachte ich im ersten Moment, *scheiße*. Aber dann dachte ich, *egal, Hauptsache, sie schläft neben dir, die gescheckte Frau.* »War ein Witz«, sagte sie dann. »War schön heute mit dir. Aber ich gehe jetzt nach Hause.«

Lustiges Rumpurzeln

Ich kann mir schon vorstellen, dass die Post bei dir oben nicht die schnellste ist, aber irgendwie glaube ich eben, dass du dich nicht meldest, weil du denkst, das tue mir gut, *der Heldi soll ruhig einmal alleine klarkommen,* gell, Papa!? Auf jeden Fall wünsche ich dir einen frühen Wintereinbruch, damit du dich an die guten Tage erinnerst, wenn du bis zu den Ohren eingeschneit sein wirst. Ich bin mir jedenfalls nicht sicher, ob du dir wirklich überlegt hast, was auf dich zukommen wird. Vielleicht meldest du dich ja auch deshalb nicht, weil du seit einem Jahr darauf wartest, dass du dich melden kannst, ohne zugeben zu müssen, dass es eine Scheiß-Idee war, nach Lappland zu fahren.

Ich, meinerseits, hätte ihr am liebsten gleich am Montag geschrieben, das Kaffeeangebot stehe noch. Zum Glück schaffte ich es aber, mich zurückzuhalten, weil ich ihr sonst auch gleich hätte sagen können, dass nichts los ist in meinem Leben. Am Freitag schrieb sie dann, dass sie doch gewusst habe, was ich für einer sei.

»Du wolltest mich nur ficken!« Ich schrieb, dass das nicht stimme. »Also, nicht, dass du mich falsch verstehst, du gefällst mir gut. Wenn du willst, können wir gerne am Abend raus.« Doch wollte sie mich *gleich jetzt* treffen, weil ihr *jetzt* langweilig sei, und sie am Abend schreiben müsse.

Aber weil ich nicht wollte, dass sie dachte, dass ich den ganzen Tag nichts anderes zu tun hätte, als nichts zu tun zu haben, sagte ich, ein Nachhilfeschüler komme gleich, um sechs hätte ich Zeit.

Und das hätte eigentlich reichen müssen, um die Wohnung und mich etwas in Ordnung zu bringen, wenn sie nicht bereits nach einer halben Stunde geklingelt hätte, als ich unter der Dusche stand. »Du bist nicht Nachhilfelehrer! Du lügst. Du lügst die ganze Zeit. Findest du das lustig, die ganze Zeit zu lügen?« Sie ging an mir vorbei, und ich stand da mit einem Tuch um den Bauch und sagte, sie dürfe gerne reinkommen. »Wohnt sonst noch jemand da?« – »Das andere Zimmer gehört Eule.« – »Dem Arschloch?« – »Er ist kein Arschloch. Wirklich nicht.« – »Dann wohnst du alleine in der WG?« Sie zeigte auf das Tuch und fragte, ob sie uns einen Kaffee machen dürfe, sie sei auf dem Weg hierher fast eingeschlafen. »Vor allem musst du dann nicht die ganze Zeit so herumlaufen. Also, du darfst natürlich, wenn du willst.« Ich sagte, es sei alles in der Küche, außer die Spezialröstung *aus Südamerika,* die sei leider aufgebraucht.

Als ich in die Küche kam, wartete sie mit dem Kinn aufgestützt, und schaute dem Kaffeekocher zu. Und ich glaubte ihr ja, dass sie das machte, weil sie zusehen wollte, wie der Kaffee hochkam. Aber so kam es dann eben, dass ich sie schon wieder fragte, ob ich sie küssen dürfe. Und weil ich wirklich nicht weiß, ob in dieser Hinsicht bei dir oben alles in Ordnung ist, werde ich es mal dabei belassen.

Auf jeden Fall war der Kaffee am Ende kalt und bitter und abgestanden, bis wir ihn hätten trinken können. Und als wir ihn hätten trinken können, setzte sie sich auf, und machte die Augen zu. Als ich fragte, was sie da mache, tätschelte sie den Platz neben sich und sagte, ich solle mich aufhocken. Ich machte, was sie sagte, und war froh, dass sie ihre Augen geschlossen hatte, weil ich dasaß, während ich immer noch quasi einen Ständer hatte. Dann sagte sie, ich solle einatmen. »Zuerst ganz nach unten, dann in den Bauch, dann in die Brust. Du musst aber gerade sitzen.« Dann schaute sie so zu mir rüber, und um sie irgendwie von mir abzulenken, fragte ich sie, ob sie an Buddha glaube. Sie drückte mir mit der flachen Hand ins Kreuz und sagte, sie sei keine Buddhistin, falls ich das wissen wolle. Aber das hieß doch irgendwie, dass sie genau das war, eine Scheiß-Buddhistin. »Jetzt atme einfach!« Mein Bauch fühlte sich an, als versuchte ich, unter Wasser einen Ballon aufzublasen. Da ging irgendwie nicht so viel Luft rein, wie gut gewesen wäre. Also kämpfte ich mich schön *ein* und *aus*, während ich leise meinen Tinnitus lauter werden hörte. Dann stand ich auf und ging in die Küche, um uns einen neuen Kaffee zu machen.

Irgendwann stand sie in Unterhosen neben mir und fragte, ob wir was kochen könnten, sie habe nach dem Ficken immer Hunger wie ein Bär. Sie schaute in den Kühlschrank, und als ich sagte, dass wir nichts dahätten, durchsuchte sie die Schränke, bis sie eine Dose Tomaten in der Hand hielt. Als sie anfing, Wasser aufzusetzen, sagte sie, dass sie einen Job als Buchhändlerin gefunden habe.

Sie nannte mir den Laden, und sagte, dass er *neben diesem Flügelgeschäft* liegen würde. Und weil ich dann nur *okay* sagte, sagte sie: »Interessiert dich nicht.« – »Doch, klar. Kann man das einfach so, Buchhändlerin sein?« – »Ich *bin* Buchhändlerin.« – »Ich dachte, du seist Schriftstellerin.« – »So wie du Nachhilfelehrer bist, vielleicht.« Ich ging ins Wohnzimmer, um mir die Bar anzusehen, um auf ihren Job anzustoßen. Dann legte ich eine deiner Platten auf. Und das ist jetzt wohl der Moment, in dem ich dich fragen könnte, warum du sie alle dagelassen hast. Ich dachte immer, dass du lieber sterben würdest, als deine Platten wegzugeben, weshalb ich ja auch immer dachte, dass du wieder zurückkommst. Das soll nicht heißen, dass ich keine Freude daran hätte. Wenn ich dasitze und deine Musik höre, denke ich immer, dass das alles ist, was ich brauche, wenn nicht vielleicht sogar schon zu viel.

Beim Essen fragte ich Mira, ob sie vorankomme mit ihrem Buch. Dann sagte sie, dass sie dank mir nicht mehr wisse, wie es weitergehen solle. »Also nicht, dass du jetzt denkst, viel Gescheites gesagt zu haben. Nur glaube ich eben, dass das stimmt, was du gesagt hast, dass der Sohn gar nicht nach Südamerika will, und die Frau das gar nicht für ihn, sondern für sich macht. Eigentlich habe ich das schon immer gewusst.« – »Und jetzt?« – »Jetzt glaube ich irgendwie, dass sie den Sohn hasst. Also nicht richtig, natürlich liebt sie ihn auch. Auf jeden Fall kann sie ihn ja nicht allein lassen.« – »Und wenn doch? Vielleicht lernt er eine hübsche Peruanerin kennen, die vielleicht gar nicht merkt, dass er Autist ist, weil es dieses Wort in ihrer

Sprache gar nicht gibt.« – »Und vielleicht würde dir eine kleine Kulturreise guttun. Was glaubst du denn, wie die dort leben? Vor allem kann ich nicht einfach *sagen,* was passiert.« – »Warum nicht? Ist doch dein Buch.« – »Es können sich nicht alle einfach Held nennen, nur weil sie finden, dass das lustig ist. Wieso machst du das eigentlich?« – »Weil ich ein Held bin, natürlich. Und weil Eule mich so genannt hat. Also eigentlich mein Chef.« – »Er war dein Chef?« – »Nein, er war Drucker bei diesem Heft.« – »Aber ihr wart zusammen da?« – »Wir haben uns da kennengelernt.« – »Gibt es eigentlich etwas, das ihr nicht zusammen gemacht habt?«

Dann erzählte ich ihr, wie man mich vor dir gewarnt hätte, weil du keine Freude hattest, wenn man zu spät mit dem Text fertig wurde und du länger im Büro bleiben musstest. Und dass ich dich gleich beim ersten Mal bei Michalski ausrufen hörte, dass er dem *verdammten Praktikanten gefälligst helfen solle, wenn er schon solche Lahmärsche einstelle!* »Ich hatte ein Interview mit meinem Nachbarn gemacht, der mir im Treppenhaus gesagt hatte, dass er in der Streetartszene so etwas sei wie ein *kleiner Star*. Im Gespräch hatte er dann aber leider alles Lustige weggelassen. Und darum wusste ich nicht, was ich jetzt noch schreiben sollte. Aber plötzlich, mit dem Dicken im Nacken, begann ich mit der Frage, ob man sagen könne, dass er in der Szene so etwas sei wie ein kleiner Star. Den Rest hämmerte ich rein, egal, was er tatsächlich gesagt hatte.« – »Und darum heißt du Held!?« – »Das ist es nicht«, sagte ich. »Also schon, irgendwie.« Sie lachte. »Ich habe ja nicht viel erwartet … Und was machte der Interessantes, der *kleine Star?*« – »Er malte Spermien auf Graffitis, um auf den Sexismus in der Streetartszene aufmerksam zu machen. Er hatte mir gesagt, dass man sich etwas einfallen lassen müsse, wenn man auffallen wolle, und er so auf die Sexismus-Idee gekommen sei. Dann haben wir ein Foto gemacht, auf dem er sich eine Ananas vor den Kopf hielt, damit man ihn nicht erkennen konnte. Darüber stand: *Der kleinste Star der Welt.* Das schickte ich dann so dem Chef. Der donnerte mir wenige Minuten später den Ausdruck auf den Tisch und rief: *Was für ein Haufen Scheiße!* Ich war mir sicher, dass ich den Job wieder los war. *Sie sind ein Held!*, sagte er. Dann hörte ich jemanden lachen. Und das war Eule.«

Ich sagte, dass du Mitleid mit mir gehabt hättest, weil ich noch so jung und gerade erst aus der Schweiz hergekommen sei, während du schon fast fünfzig gewesen seist. Und dass du mir einen Zettel auf den Tisch gelegt habest, auf dem stand: *Lustiges Rumpurzeln, Samstag, 23:59 Uhr.* Und wie ich am nächsten Tag in der Ziegelei anklopfte, du die Tür aufmachtest und mich anschautest, als sei ich der größte Idiot der Stadt, weil ich tatsächlich um eins vor zwölf dastand. Und wie du mich dann erkanntest. »*Held!*, rief er. *Das gibt's ja nicht!* Er umarmte mich, als wären wir alte Freunde. Dann wurden wir es wirklich. An diesem Abend veränderte sich alles.« Sie lachte, und sagte, das sei lustig, wie ernst ich das gerade gesagt hätte. »Das war der schönste Abend meines Lebens!«, sagte ich. »Was würdest du denn darüber sagen?« – »Keine Ahnung. Ich weiß gar nicht, wann das bei mir gewesen sein soll.« – »Du weißt nicht, wann der schönste Abend deines Lebens war? Vielleicht sollten wir morgen noch mal darüber reden.« – »Morgen? Warum morgen?«, fragte sie, und schaute mich verwirrt an. »Vergiss es«, sagte sie dann. »Ich komme heute nicht mit dir in die Perle.«

Vermisst du das eigentlich nicht?

Wir waren dann fast die Ersten. Lustigerweise standen Dave, Sveni und Sara schon an der Bar, und Daniel dahinter, und neben ihnen eine Touristin und ein Tourist. Wahrscheinlich hatten sie sich den Eintritt sparen wollen, und waren darum gleich mit Daniel reingekommen. Als wir Hallo sagten, sagte Dave: »Diiich kenne ich doch!« Mira lachte. »Das stimmt.« Er fragte, ob wir was trinken wollten, und sie sagte: »Gerne, ein Bier.« – »Alles, bloß keinen Al-ko-hol!«, sagte Dave. »Wir nehmen keine *Tröpfchen*«, sagte ich. »Ach sooo. Dann darfst du natürlich trinken, was du willst.« – »Was soll das sein?«, fragte sie. »Sehr empfehlenswert!«, sagte Dave. »Das Angebot steht.« Er rief Daniel, um uns einen von ihm ausgeben zu lassen, doch schien der keine Lust zu haben, uns zu bedienen. Er lachte nur blöd und tanzte hinter der Bar zu einem Mix aus *Looking for Freedom* – quasi *noch einmal lustig, bevor wir dann achtundvierzig Stunden Techno spielen müssen.*

Als wir unsere Getränke bekommen hatten, gingen wir mit Dave, Sara, Sven, einem Franzosen und einer Österreicherin auf die Toilette. Die Österreicherin stand auf der Schüssel und erklärte ihrem Kumpel, was die Tröpfchen genau machten, und dass es nichts Besseres gebe, sofern man nicht zu viel Alkohol getrunken habe. Der

Franzose sagte, er habe schon ziemlich viel getrunken: »I'm actually pretty drunk, man.« – »Dann würde ich es auf jeden Fall sein lassen«, sagte Sven. »Jaaa, da muss ich Sveni recht geben, as klingt nach keiner guten Idee«, sagte Dave. Dann fragte die Österreicherin den Franzosen, ob er sich sicher sei, nicht eigentlich *doch* recht nüchtern zu sein. Der zuckte mit den Schultern, und Sven riet ihm, es doch einfach sein zu lassen. »Er hat recht«, sagte Dave. »Aber lasst miiir mal was rüberwachsen!« – »Wenn du ihm nicht zu viel gibst«, sagte die Österreicherin, »passiert ihm auch nichts.« Sara zog die Pipette auf und zeigte sie herum: »Easy, nicht?« – »Lasst es doch einfach sein«, sagte Sven. »Bei der Mikrodosis spürt der doch nichts«, sagte Sara. »Genau«, sagte die Österreicherin, »das ist *Microdosing.*«

Ich nahm eine Pille aus meiner Bauchtasche und gab sie Mira. Wir hatten gar nicht darüber gesprochen, ob sie etwas nehmen würde. Jetzt schaute sie sich die Pille an und fragte, ob das lustig sein solle, dass das ein *Kätzchen* sei. »So kann man sie eben auseinanderhalten«, sagte ich. »Den *Mönch* mochtest du ja nicht besonders.« – »Die hier erst recht nicht«, sagte sie. »Ich hasse Katzen.« Sie gab sie mir zurück, und ich biss die Hälfte ab. Sven sagte: »Wenn der Franzose da abkackt, tanze ich schön weiter, nur damit das klar ist«, auch wenn alle wussten, dass er der Einzige wäre, der sich um ihn kümmern würde. Dann nahm sie mir das Teil aus der Hand und steckte es sich in den Mund. Sie trank einen Schluck Bier und sagte: »Wehe, wenn ich es bereuen werde.«

Dave sprang aus der Toilette wie ein freigelassenes Reh, während sich Sven und Sara immer noch stritten und die Österreicherin den Franzosen fragte, ob er es schon merke: »You feel it? You feel it? It's a good feeling, no?« Der Franzose sah nicht aus wie auf halbem Weg in die Notaufnahme, weil Sara natürlich recht hatte, dass eine solche Dosis nicht viel anstellen konnte. Andererseits stellte eine solche Dosis eben nicht viel an. Der Franzose zuckte mit den Schultern und sagte: »Not yet.« Dave nahm Sven und Sara an der Hand und sagte, sie sollten doch bitte mal die Fresse halten, und mit ihm raus an die frische Luft. Also schlug ich Mira vor, auf den Floor zu gehen. Sie zuckte mit den Schultern und kam mit. Ich wollte sie schon aufheitern, doch dachte ich, dass sie dann erst recht denken würde, dass ich schuld war, dass sie die Pille genommen hatte. Im *Hüpfer* schaute sie sich alles genau an, die drehende Laterne in der Mitte, die orangen Schalenlichter rundherum, den Rauch, der aus den Wänden kam, die Boxen, die einen anglotzten wie Schamanen, und die DJane, die sich nicht darum zu scheren schien, dass so wenige Leute da waren. Und ich wollte irgendwie doch lustig sein, und sagte: »Fuck! Sie bereut es!« – »Ich muss mal raus«, sagte sie dann. »Mir ist schlecht.«

Wir setzten uns aufs Schiff, wo wir fast alleine waren. Ich sagte, sich zu überwinden, gehöre quasi zum Sport. Dann erzählte ich ihr von dieser Woche, als ich mit Migräne herumlag, bis du höchstpersönlich zu mir kamst, in die Hände klatschtest und riefst: *Schluss jetzt!* Und wie ich dich dafür hasste, und ins Bett flüchtete. »Du hasst mich jetzt vielleicht auch«, sagte ich, während sie zur Brücke starrte, die über die Spree führt. Ich wusste nicht, ob sie mir überhaupt zuhörte, oder ob sie sich konzentrieren musste, nicht kotzen zu müssen. Ich sagte, dass ich dann in der Nacht erwacht sei. Und dass ich gewusst hätte, dass der nächste Tag genauso mies werden würde wie die letzten. Und dass ich dann doch in die Perle gekommen sei. »Ich konnte nicht glauben, was ich da machte, und dachte auf dem ganzen Weg hierher, dass die Methode bei Eule nur deshalb funktionierte, weil er tatsächlich so dumm war, daran zu glauben. Am meisten nervte mich aber, dass er dann sagte, dass er es doch *gewusst* habe, dass ich kommen würde. *Auf Heldi ist Verlass!* Und dass schon Bud Spencer gesagt habe, dass man doppelt so fest auf die Stelle schlagen müsse, die einem wehtue.« – »Sorry«, sagte sie. »Aber ich kann dir grad nicht folgen.« – »Alles gut. Atme einfach.« – »Ja, du auch«, sagte sie. Ich dachte, dass es nur eine Frage der Zeit war, bis sie sich nicht mehr dagegen würde wehren können, aufzutauen, und fragte einen Typen, der da abgehockt war, ob er eine Zigarette für mich hätte.

Es fing dann damit an, dass sie sagte, dass sie es schön gefunden habe, heute, mit mir, im Bett. »Darf ich das sagen?« – »Ich fand es auch schön«, sagte ich.

»Es kribbelt. Ist es normal, dass es kribbelt? Darf ich auch einen Zug?« Dann kam Dave vorbei, zauste mir über den Kopf und fragte, ob alles gut sei. Wo die anderen waren, wusste ich nicht. Vielleicht hatte die Österreicherin dem Franzosen gesagt, wenn er immer noch nichts spüre, solle er vielleicht nochmals eine *Mikrodosis* nehmen. »Ich geh mal rein, falls ihr was braucht!« – »Nein«, sagte Mira. »Wir kommen auch.«

Dann standen wir im *Hüpfer*, während der Bass tiefer, das Klicken immer klarer wurde. Dave hielt es nicht lange bei uns aus und suchte die anderen. »Es sieht plötzlich alles so anders aus«, sagte Mira. »Als hätte sich alles verwandelt.« Sie schaute rauf zur Laterne, deren Strahlen an den Wänden aufblitzten. »Und? Ist das schlimm?« – »Nein, nicht mehr«, sagte sie. »Es ist schön. Ich habe gar nicht gewusst, dass es das gibt. Einen solchen Ort auf der Welt.« – »Ich glaube schon, dass du das gewusst hast«, sagte ich. Ich ließ ihre Hand los. Dann tanzten wir nebeneinanderher. Sie bewegte sich, als würde sie sich aufwärmen wollen, als würde sie sich für einen Kampf bereit machen wie eine Capoeira-Tänzerin. Ich wusste nicht, gegen wen sie antreten wollte. Aber ich wusste, dass sie am Ende alle verprügelt haben würde, die sie davon abhalten wollten, hier zu sein. Ich schaute so zu ihr rüber, die die Augen geschlossen hatte, und dachte, *los, kleiner Ochse! Zeig's diesen Bananen!*

Ich selbst blieb mehr oder weniger auf dem Boden. Aber das war mir egal. Ihr zuzusehen, reichte mir. Sie erinnerte mich an mich selbst, als du mich in die Ziegelei eingeladen hattest, und ich irgendwann realisierte, dass ich im Paradies angekommen war. Als ich alleine vor dem Haus gestanden und den Bass hatte wummern hören, wäre ich am liebsten gleich wieder gegangen. Ich weiß nicht, woher ich den Mut genommen habe, dennoch zu klopfen. Aber ich weiß, dass ich jetzt nicht da wäre, wenn ich das nicht getan hätte. Ich erinnere mich noch genau, wie mir diese Leute und das Haus Angst machten, und dass du der Einzige warst, der mir sympathisch war. Die meisten waren auf Drogen, und ich hatte so was noch nie zuvor erlebt. Als du mich in die Küche führtest, war gerade einer dabei, Wasser in eine Flasche zu füllen, deren Boden rausgeschlagen war, weshalb das Wasser durch die Flasche floss, was er so unglaublich fand, dass er immer wieder rief: *Schaut euch das an! Hahahaha! Schaut euch das an!* Sein Lachen kam nicht von da, sondern von irgendwo, wo ich bestimmt nicht hinwollte. Erst recht weg wollte ich, als ausgerechnet du mir ein Glas mit Wasser auffülltest, und mir eine Pille gabst. Ich dachte keine Sekunde, dass ich sie tatsächlich nehmen würde. Ich behielt sie in der Hand, und dachte, dass ich sie fallen lassen würde, sobald du abgelenkt wärst. Doch blieben du und Sara bei mir, als wüsstet ihr genau, was ich vorhätte. Sie sagte, es passiere mir nichts, ich könne dir vertrauen, du seist nicht so böse, wie du aussähest. Dann kam der Moment, als euch jemand wegen einer Lichtpanne anhaute, und ich tun konnte, was ich wollte. Und ich weiß nicht, wie das kam, doch anstatt die Pille fallen zu lassen, sah ich sie mir an wie eine Geliebte. Anstatt Angst zu haben, entschied ich mich, dass sie es gut mit mir meinte. Was ich dann genau machte, weiß ich nicht mehr. Ich sehe mich nur noch, wie ich inmitten der Leute stand, nach oben zu den Lichtern schaute und dachte, *du hast es geschafft.* Es war das erste Mal, dass ich sah, dass es noch eine andere Welt gab als die Welt, aus der ich kam. Plötzlich spielte die Musik nur noch für mich, und ich hatte noch nie etwas Schöneres gehört als Techno.

»Danke«, sagte Mira plötzlich. »Danke, dass du mir das hier zeigst.«

Espresso im Hörnchen

Als ich aufwachte, schlief Mira mit dem Gesicht unter meiner Achsel. Ich tänzelte mit den Fingern auf ihrem Kopf herum, bis sie ein Geräusch machte, das bedeutete, dass ich aufhören solle. Erst dann fiel mir auf, wie gut es mir ging. Natürlich hatten wir nicht übertrieben, weil ich ihr versprochen hatte, auf sie aufzupassen. Aber irgendwie lag es auch daran, dass ihre Haare nach etwas Bestimmtem rochen. Und ich, anstatt mir zu überlegen, wie schlimm der Kater werden würde, herausfinden wollte, was es war.

Ich musste ihr schließlich beim Duschen helfen, als wäre sie Kleopatra höchstpersönlich, weil sie sagte, sie sei zu *schwach,* das selbst zu machen. Dann wollte sie raus an die frische Luft. Ich half ihr die Treppe runter, und bei jedem Schritt fasste sie sich an den Kopf, machte ihre exakt auf Halbmast stehenden Augen zu und sagte, *aua, aua, auatsch.* Als wir unten angekommen waren, lachte sie, und sagte, dass sie sich noch nie so scheiße gefühlt habe. »Und das findest du lustig?« – »Irgendwie schon.« Ich fragte, ob sie was essen wolle, und sie sagte, sie habe Lust auf Eis. »Ich muss kotzen, wenn ich nur dran denke.« – »Ich habe vom *Kätzchen* gestern auch fast gekotzt.« Also gingen wir durch die Stadt, bis wir an einer Eisdiele vorbeikamen, bei der sie sagte, dass man schon von Weitem sehe, dass das

Eis da nicht gut sei. Lustigerweise sagte sie das genaue Gegenteil von einem Laden namens *Eis, zwei, drei,* bei dem ich mich fragte, ob die das ernst meinten, weil am Eingang ein Holzgitter befestigt war, an dem Rosen wuchsen. Vor dem Schaufenster saß eine Familie auf einer Bank, die offensichtlich für Zwerge gemacht worden war, weshalb der Vater mit den Knien auf Ohrenhöhe dasaß.

Als wir reingingen, klingelte ein Glöckchen. Drin hatte es drei Meter Auswahl an Früchte-, Nuss- und Gemüseeis, und die Waffeln machten sie natürlich gleich selbst vor Ort. Mira entschied sich für zwei Kugeln, und weil ich nur dastand wie ein Idiot, sagte sie: »Nimm einfach etwas. Es sind alle fein.« Und du kannst jetzt lachen in deinem Scheiß-Norden, wo du wahrscheinlich auch im Hochsommer nicht daran denkst, Eis zu essen. Und eigentlich konnte es mir ja egal sein, was ich nehmen würde, weil ich nur wegen ihr da war, aber wenn ich doch schon mal da war, wollte ich mich eben auch darauf einlassen. »Nimm deine Lieblingsfarbe«, sagte sie. Also fragte ich den hübschen Mann hinter dem Tresen, ob im Espressoeis Koffein drin sei, worauf er sagte, *selbstverständlich* sei da Koffein drin, da sie nur *naturbelassenes* Eis im Angebot hätten. Dann fragte er, ob ich es *im Hörnchen oder im Becher* haben wolle, und ich hörte dich lachen, und sagte, *im Becher,* und Mira sagte, *im Hörnchen!*, und der Typ gab mir das Eis, und während sie bezahlte, ging ich raus, und es klingelte das Glöckchen, und der Zwergenjunge glotzte mich mit grünverschmiertem Mund an, und der Vater sagte, er solle nicht so glotzen, und ich stand da, als würde ich zum ersten Mal in meinem

Leben Eis essen. Und wahrscheinlich hatte das mit meinem Hormonhaushalt zu tun, aber als Mira hinter mir fragte, ob alles gut sei, hätte ich heulen können wie das kleinste Kind.

Die Geister

In der Nacht kam mir in den Sinn, dass Mira heute ihren ersten Arbeitstag hatte. Ich hatte ehrlich gesagt keine große Lust, mir ihren Buchladen anzuschauen, doch da sie gestern nicht gerade gut ausgesehen hatte, fühlte ich mich quasi verpflichtet, kurz vorbeizugehen.

Der Laden, an dessen Namen ich mich glücklicherweise noch erinnern konnte, lag in der Nähe des Silasparks, wo Dave und ich mal versucht hatten, Karpfen zu fangen, falls du dich erinnerst. Als ich beim Puppentheater ausstieg, schlug mir eine solche Hitze entgegen, dass es mir in den Augen brannte. Vor den Leuten in den Cafés kam ich mir in meinem verschwitzten T-Shirt vor, als wäre ich da, um meine Mutter um Geld anzubetteln. Ununterbrochen kamen Eltern mit Kinderwagen an mir vorbei, und einmal glaubte ich sogar, einen Vater zu seinem Sohn sagen zu hören, *man zeige nicht auf Menschen*. Ich folgte Google Maps, bis ich zu diesem Flügelgeschäft gelangte, das Mira erwähnt hatte. Dahinter war der Laden namens *Woitsch & Töchter*, und da sah ich sie durch das Schaufenster. Sie sah nicht aus wie die Mira, die gerade noch bei mir gewesen war, sie bediente die Kasse und sprach mit einem Kunden, als ob sie schon seit Jahren da arbeiten würde. Im Schaufenster war ein Domino aus Büchern aufgestellt, und oben hingen andere an Fäden in der Luft. *Komm schon!*, hörte ich dich rufen. *Geh schon rein, und schau dir die tollen Bücher an!* Ich stand mitten auf der Straße und sah zu, wie sie ein Buch in eine Tüte steckte und es dem Mann übergab. *Worauf wartest du?* Ein Auto hupte, Mira schaute zu mir, und ich ging weiter, am Laden vorbei.

Auf dem Nachhauseweg gratuliertest du mir, dass ich noch rechtzeitig gemerkt hatte, dass es Schöneres gab, als Mira in ihrem Laden zu besuchen. Und das stimmte ja auch. Aber das war es nicht. Als ich sie sah, kam es mir vor, als würde sie auf einer anderen Welt stehen als ich. Es war die Welt, in der ich aufgewachsen, und aus der ich geflüchtet war. Ich habe dir nie erzählt, warum ich hierherkam, weil dich das nie interessierte, und du immer zu wissen glaubtest, dass ich dieses Leben lebte, weil ich ein Held war. Und das glaubte ich ja irgendwann selbst. Aber jetzt fragte ich mich, ob ich überhaupt eine Wahl gehabt hatte, oder ob es nicht einfach die *Geister* gewesen waren, die mich von zu Hause weghaben wollten. Seit ich hierhergekommen war, waren sie nie mehr aufgetaucht, und darum hatte ich auch gehofft, dass es sie nicht mehr gab. Aber heute warteten sie im Laden auf mich.

Und jetzt würde ich dir ja gerne erzählen, dass ich es jahrelang geplant hatte, hier ein neues Leben anzufangen. Aber ehrlich gesagt hatte ich, bevor ich hierherkam, überhaupt keine Ahnung, was ich in meinem Leben machen wollte. Ich ging in die Schule, ich ging ins Gymnasium, und meldete mich schließlich nur deshalb für ein Studium in Germanistik an, weil mein Vater Literaturprofessor war.

Die dreimonatigen Sommerferien vor dem Studium verbrachte ich damit, *World of Warcraft* zu spielen, was dir vielleicht ein bisschen recht gibt, da mir die verzockte Zeit nur egal sein konnte, weil ich ein Held war. Ich schneiderte mir Roben, fischte oder setzte mich auf meinen fliegenden Teppich und suchte Orte, irgendwo in den Baumkronen, auf einem Felsvorsprung, bei einem Wasserfall, wo ich landen und den Vögeln zuschauen konnte, bis die Sonne unterging.

Leider merkte ich am letzten Ferientag, dass ich überhaupt nicht wusste, wo ich am nächsten Tag hinmusste. Ich beschwerte mich bei meinem Vater, dass ich keinen Stundenplan zugeschickt bekommen hätte, worauf er mich lachend im Leben willkommen hieß. Ich dachte, dass ich das Leben schon vergeigt hatte, bevor es überhaupt begonnen hatte. Netterweise half er mir dann, einen Stundenplan zusammenzustellen, was mich so erleichterte, dass ich dachte, ebenfalls Literaturprofessor werden zu können – bis ich merkte, dass ich montags frei und am ersten Tag gar nichts haben würde. Ich weiß nicht, wieso mich das so aus der Fassung brachte. Aber dass mein Leben mit einem Tag begann, an dem ich keine Ahnung hatte, was ich tun sollte, ließ mich daran zweifeln, dass das ein lustiges Leben werden würde. Natürlich hätte ich einfach einen Tag länger *World of Warcraft* spielen und danach mit dem richtigen Leben beginnen können. Aber irgendwie ging das nicht. Vielleicht merkte ich, dass ich tatsächlich Literaturprofessor werden würde, wenn sich nichts änderte. Ich weiß noch, wie ich am nächsten Morgen die

Seite des germanistischen Instituts besuchte, mich durch die Foren klickte, und sah, dass sich viele darüber beschwerten, nach dem Studium keinen Job zu finden. Was ich sonst an diesem Tag machte, weiß ich nicht.

Am nächsten Tag ging ich an die Uni. Ich trug den gleichen Rucksack, und nahm den gleichen Zug, den ich jeden Tag während des Gymnasiums genommen hatte. Doch plötzlich waren alle Bekannten weg, als wären sie in einen Spalt gefallen, aus dem ich sie nie mehr habe herauskraxeln sehen. Das Seminar hieß *Einführung ins Wissenschaftliche Schreiben*. Als ich reinkam, saßen bereits so viele Leute da, dass ich auf dem Fensterbrett Platz nehmen musste. Ein junger Mann mit Bart begrüßte uns und begann, eine Liste runterzulesen, auf der ich nicht drauf war, weil ich nicht gewusst hatte, dass man sich für das Seminar hätte anmelden müssen, was er ausnahmsweise durchgehen ließ. Im Kurs ging es darum, dass wir unsere erste wissenschaftliche Arbeit schreiben mussten. Damit wir sahen, wie man das machte, hatte er eine Studentin eingeladen, die uns ihre Bachelorarbeit vorstellte, als wäre sie eine erfahrene Dozentin. Sie sagte, sie beschäftige sich mit *Sport bei Thomas Mann,* was ein ideales Thema sei, weil Sport in seinem Werk kaum vorkomme. Natürlich lachten alle, bis sie sagte, dass wir nicht lachen sollten, weil genau das, worüber wir lachten, eine gute Arbeit ausmache: Je genauer wir das Thema wählten, desto einfacher sei es, eine Arbeit zu schreiben. Das würden noch alle früher oder später schmerzhaft feststellen. Dann teilte uns der Dozent ein Merkblatt aus, auf dem Fragen aufgelistet waren, die man sich grundsätzlich zu jedem Text stellen konnte. Sport war nicht drauf. Dafür die *Darstellung der Geschlechter*, was, wie er sagte, ein sehr dankbares Thema sei. Er sagte, dass wir uns eine Frage aussuchen und sie zur *Amsel* von Robert Musil besprechen sollten. Und ich weiß noch, wie sehr es mich freute, dass ich den Text bereits im Gymnasium gelesen hatte und mir das den Einstieg ins Studium erleichtern würde.

Im Anschluss lud uns die Fachschaft im Institut zum Essen ein. Die drei Präsidentinnen zeigten uns die Bibliothek, wo die Drucker standen und die Küche war, und außer dass wir uns bedankten, wenn jemand dem anderen die Tür aufhielt, sagte niemand ein Wort. Im Aufenthaltsraum stand ein großer Tisch mit einem Topf Spaghetti. Ich nahm mir einen Teller und setzte mich auf die Lehne eines leeren Sofas. Gegenüber hing ein schwarz-weißes Porträt eines alten Mannes, mit dem Titel: *Reinhold Schipper – Ein Leben für die Wissenschaft*. Ich fragte mich, ob er mit *Thomas* Schipper verwandt war, einem Studienfreund meines Vaters. Und was er dafür hatte machen müssen, um auf A3 gedruckt zu werden. Leider konnte ich von meinem Platz aus den Text nicht lesen, und nach dem Essen ging ich auf den Zug nach Hause.

Da las ich am selben Tisch, an dem ich achtundvierzig Stunden davor für die Dunkelspeertrolle gekämpft hatte, zum zweiten Mal in meinem Leben *Die Amsel*. Ich wählte als Thema die *Darstellung der Geschlechter*, strich mir alles an, was damit zusammenhängen könnte, öffnete eine Seite in Word, und wurde so euphorisiert von der Idee, die

Arbeit gleich am ersten Tag fertigzustellen, dass ich so lange am Computer saß, bis ich spät abends eine fünfseitige Arbeit reingehämmert hatte. Ich ging ins Bett, löschte das Licht, dachte, *das hast du gut gemacht,* dann kamen die Geister.

Sie waren schon immer da gewesen, schon lange bevor ich jemandem erklären konnte, wie sie sich anfühlten, was wahrscheinlich auch der Grund ist, warum sie heißen, wie sie heißen. Es gab Tage, an denen sie verschwunden waren, und Tage, an denen ich an nichts anderes denken konnte als an sie. Vielleicht kannst du dir eine Mischung aus LSD und einer Flasche Jägermeister vorstellen, auf der du den ganzen Tag U-Bahn fahren müsstest. Alles wurde so zäh und so träge, es gab kein Vor und Zurück, nichts hatte einen Sinn, als würde ich in einer dieser Scheiß-Kugeln leben, die man schütteln kann, damit es darin zu schneien beginnt. Von diesem Gefühl wurde mir immer so schlecht, dass ich früher oder später glaubte, kotzen zu müssen. Nur wenn ich es irgendwie schaffte, einen Ausgang zu finden und abzuhauen, ging das Gefühl wieder weg. Als Kind war das meist unmöglich, und darum hasste ich es auch, ein Kind zu sein. Mit den Jahren ging es besser, weil ich zumindest in *World of Warcraft* selbst entscheiden konnte, was ich tun wollte. Darum glaubte ich irgendwann auch, dass die Geister von alleine weggehen würden.

Doch jetzt, nach meinem *Darstellung-der-Geschlechter-*Marathon, waren sie wieder da, und krochen mir den Hals hinunter, dass ich aufstehen musste, wenn ich nicht ins Bett reihern wollte. Ich lief runter durch das Treppenhaus, ging die Straße entlang, weiter über einen Feldweg, und es würgte mich, dass ich alle zwanzig Meter auf den Boden kotzte. Ich kotzte mich so durch den Wald, bis ich auf der anderen Seite wieder rauskam. Ich ging weiter ins nächste Dorf, in den nächsten Wald, und ich wusste, dass ich so lange würde weitergehen und kotzen müssen, bis die Geister weg wären. Ich wusste nicht, warum sie plötzlich da waren. Aber ich wusste, dass sie bleiben würden, wenn ich nichts täte, und das machte mir solche Angst, dass ich alles getan hätte, um sie wieder loszuwerden. Es war nicht, dass ich *Lust* hatte, die Welt zu sehen, oder dass ich wusste, wohin ich gehen könnte. Ich begriff nur, dass ich von da wegmusste, wenn ich morgen nicht wieder in den Wald wollte. Dann ließen sie mich los.

Ich war nicht der Typ, der einfach abhaute. Deshalb musste ich meinen Vater dazu bringen, mir bei meiner Flucht zu helfen. Das Einzige, womit er einverstanden sein konnte, war, dass ich an eine Uni gehen würde, die besser war als die *Scheiß-Uni* in Bern, über die er sich nur aufregte. So setzte ich mich in der Morgendämmerung wieder an meinen Laptop, und fand heraus, dass Professor Schipper an der *Freien Universität Berlin* arbeitete, und dass das Semester in Deutschland ein paar Wochen später begann als in der Schweiz. Ich konnte kaum fassen, dass ich die Uni mit Hilfe meines Vaters vielleicht würde wechseln können, ohne ein Jahr aussetzen zu müssen, was ihn vielleicht tatsächlich dazu bringen konnte, mein Vorhaben zu unterstützen.

Noch am selben Morgen sagte ich ihm, dass ich ihm etwas sagen müsse. Ich hätte mir lange keine Gedanken über meine Zukunft gemacht, aber an der Uni sitzend hätte ich gemerkt, dass ich, wenn ich wirklich Germanist werden wolle, nach Berlin gehen müsse, zu Professor Schipper, wenn er es genau wissen wolle, weil ich sonst untergehen würde. Ich sagte, dass das kein Wunsch sei, sondern die einzige Möglichkeit, und wenn ich ihn einmal um etwas bitten würde, dann jetzt. Er schaute mich entsetzt an. Ich weiß nicht, was er dachte, doch musste er gemerkt haben, dass es mir ernst war. Er rief Schipper an, der mir sodann einen Studienplatz an der *Freien Universität* organisierte. Und drei Wochen später saßen wir im Auto nach Berlin.

Es regnete ununterbrochen, und ich weiß noch, dass auf meiner Seite der Scheibenwischer nicht funktionierte, und mein Vater fluchte, ob seine Scheiß-Uni eigentlich nicht einmal imstande sei, *ein Auto* instand zu halten. Ich saß daneben, und sagte kein Wort, weil natürlich ich daran schuld war, dass er im Regen durch ganz Deutschland fahren musste, der ich nicht einmal einen Führerschein besaß. Irgendwann fragte ich, ob wir das Radio einschalten könnten, worauf er sich wiederum aufregte, weil man wegen der nassen Straßen nichts verstand. Als er bei der nächsten Raststätte rausfuhr, war ich mir sicher, dass er umkehren und fragen würde, was ich mir eigentlich gedacht hätte bei dieser Aktion. Er stieg aus, und fragte, wie lange ich noch vorhätte, ihn im Regen stehen zu lassen, dann liefen wir zum Restaurant, und er bezahlte mir ein Mittagessen.

Noch schlimmer als die zehnstündige Fahrt war die Ankunft. Ich war den ganzen Tag froh gewesen, dass wir noch nicht am Ziel waren und die Ortschaften an uns vorbeizogen. Aber jetzt waren wir da, und die Häuser und die Leute waren die, mit denen ich zu tun haben würde. Ich weiß nicht, was ich mir erhofft hatte, doch hatte ich mir alles anders vorgestellt. Erst da wurde mir klar, dass ich dabei war, in eine fremde Stadt zu ziehen, ohne zu wissen, was ich da überhaupt wollte. Es kam mir vor, als hätte ich die letzten drei Wochen nur geträumt, denn plötzlich sah ich ein, dass es keine gute Idee gewesen war, *alleine wegen einer Magen-Darm-Grippe* von zu Hause abzuhauen. Wenn meine Mutter neben mir gesessen hätte, hätte ich ihr gleich gesagt, dass sie mich wieder nach Hause fahren solle. Vielleicht war auch das der Grund gewesen, warum ich nicht sie, sondern meinen Vater gebeten hatte, mich herzufahren. Auf jeden Fall hasste ich mich dafür, dass ich jetzt so tun musste, als würde es mir hier gefallen. Wir sagten kein Wort, bis er die Hachfelder Straße gefunden hatte, und sagte: »Hier müsste es irgendwo sein.« Aus dem Fenster sah ich das Straßenschild mit deutschem scharfem S, und ich versuchte mir einzureden, dass das der Anfang von etwas Großem war. Ich stellte mir vor, wie ich später einmal erzählen würde, wie schlecht es mir da gegangen sei, im Vergleich dazu, was mich danach erwartete. Und irgendwie bekam ich dann sogar recht, auch wenn es in diesem Moment nicht danach aussah.

Als wir mit Kisten beladen in den dritten Stock stiegen, wo mein Vater merkte, dass er die Schlüssel im Auto liegen gelassen hatte, und wir nochmals runter und wieder rauf mussten, bis wir in die Wohnung konnten, war ich mir sicher, dass ich hier nicht bleiben würde. Nicht, weil die Wohnung hässlich war. Sie hatte ein schönes Zimmer mit Parkettboden, eine noch fehlende Küche und einen kleinen Balkon Richtung Hof. Es war eher, dass ich mir etwas anderes vorgestellt hatte, auch wenn ich nicht wusste, was. Mein Vater war ebenfalls nicht zufrieden, und sagte, dass er also schon davon ausgegangen sei, dass ich wenigstens *ein Schlafzimmer* haben würde, und dass er bei den Leuten mal nachhake, wenn ich wolle. Ich versicherte ihm, dass das nicht das Problem war, ja, dass es überhaupt kein Problem gab, und er sich keine weitere Mühe machen solle. Und so schleppten wir, während es dunkel wurde, die restlichen Kisten hoch, und immer, wenn wir uns kreuzten, lächelten wir uns an, bis er sich geschafft auf den Bürostuhl fallen ließ, und sagte: »Jetzt bräuchtest du eigentlich nur noch eine Küche.«

Ich wollte um jeden Preis vermeiden, dass er noch länger blieb, weshalb ich darauf bestand, den Rest alleine zu machen, obwohl abgemacht gewesen war, dass er noch einen Tag bleiben würde, um mir beim Einrichten zu helfen. Ich glaube nicht, dass er mir zutraute, alleine eine Küche aufzutreiben, doch merkte er wahrscheinlich, dass ich ihn nicht länger dahaben wollte. Auf jeden Fall sagte er irgendwann, dass wir *aber wenigstens noch ein Bier trinken gehen sollten,* was wir überhaupt noch nie gemacht hatten. Also gingen wir in ein nahe gelegenes Restaurant, und stießen da an. Er sagte, jetzt sei es an mir. Er sagte, die ersten Tage würden schwierig werden. Er sagte, ich würde das schon packen.

Die Nacht schliefen wir auf meiner Matratze am Boden. Am nächsten Morgen verabschiedeten wir uns. Dann sahen wir uns nie mehr wieder.

Heinis Baumhaus

Heute hatte ich einen Interviewtermin mit Perlen-Heini, der eine Mo-Di-Mi-Reihe gestartet hat, die nun jede Woche laufen soll, Montag bis Mittwoch, was ja schon recht geil ist, wenn du mich fragst. Michalski meinte auf jeden Fall gleich, dass wir das unbedingt bringen müssten. Klar wollte Heini mich dann aber nur *am Morgen* treffen, weil er meinte, dass er am Morgen am besten aussehe. Deshalb wäre eigentlich mein Plan gewesen, gestern zur Premiere zu gehen, um gleich pünktlich zum Interview vor Ort zu sein. Nach der Sache vor dem Buchladen hatte ich aber irgendwie keine Lust mehr, tanzen zu gehen. Lustigerweise kam ich dann auf die Idee, dass es mir helfen könnte, dir zu erzählen, was passiert war. Darauf meintest du, dass ich das alles nicht so ernst nehmen und doch einfach rausgehen solle, weil ich ja überhaupt erst nicht in den Laden gegangen sei, weil ich gespürt hätte, dass ich das Wochenende sonst zu Hause verbringen würde. Und wahrscheinlich hattest du ja recht. Aber irgendwie blieb ich darum erst recht daheim.

Zugegebenermaßen war ich am Morgen in der U-Bahn froh, dass ich nicht zu denen gehörte, die auf dem Heimweg waren. Sie erinnerten mich an uns, als wir den Schlipsträgern Bier anboten, die so taten, als wären wir gar nicht da. Und es war jetzt nicht, dass mir jemand ein Bier anbot, sondern eher, dass mich überhaupt niemand mehr bemerkte. Vor der Perle hoffte ich, dass mich die Leute weiterhin für einen Geist halten würden, weil ich keine Lust hatte, mit jemandem zu labern. Ich sagte Mirko an der Tür, ich hätte einen Termin mit dem Chef, ging an ihm vorbei und stieg rauf in Heinis Büro.

Es war niemand da. Nur der Bass rumpelte von unten, und die Flaschen klirrten auf dem Tisch. Ich weiß nicht, ob du mal da warst, es sieht da aus wie in einem Baumhaus, dessen Wände aus tausend farbigen Fensterchen bestehen, durch die man in den Hof sieht wie ein König auf seine Kinderlein. Sonst ist alles mit Deko zugemüllt wie unten, es hängen Lianen an der Decke und ausgestopfte Tiere an den Wänden. Ich fragte mich, wie lange er vorhatte, mich hier warten zu lassen, und ob er dachte, dass ich ihn suchen würde, wenn es so weit wäre. Ich genehmigte mir eine seiner Zigaretten, setzte mich auf das Sofa gegenüber von seinem Platz und schaute durch die Fensterchen runter. Da stand Dave mit einer großen Frau, die vor Kälte die Arme verschränkt hatte. Ich fragte mich, ob er seit Samstag nicht zu Hause gewesen war. Sie gab ihm eine Zigarette, dann stieß er sie an, weil er kein Feuer dabei zu haben schien, aber weil die meisten ihrer Hirnzellen wohl nicht mehr in Betrieb waren, starrte sie einfach weiter geradeaus. Dann ging er rein, und sie blieb stehen.

»Hallo?!« Ich nahm den Block mit meinen Fragen aus dem Rucksack, doch stand da eigentlich nur eine, die mich wirklich interessierte. Daniel hatte mal behauptet, dass

Heini sich als Kind ein Baumhaus gebaut habe, irgendwo in Ostberlin, weil er da vor seinem Vater in Sicherheit gewesen sei, der ihm regelmäßig den Arsch versohlt habe. Ich hätte ihn fragen wollen, ob das hier sein Baumhaus sei, und ob er sich hier vor dem Leben verstecke. Aber nach der zweiten Zigarette wurde es mir zu blöd, noch länger zu warten. Ich ging die Treppe runter, sagte Mirko, *das war's dann auch schon,* und hoffte, dass mir niemand hinterherrief.

Sorry, dass ich ein Alien bin

Ich traf Mira im Eisladen. Wir hockten auf dem Bänkchen unter dem Sonnendach, halb im Regen, sie wieder mit drei Kugeln, ich mit einer Kugel *Banane*. Ich sagte, dass es mir leidtue. Ich hätte beim Laden ein ungutes Gefühl gehabt, und ich wollte schon Luft holen, da sagte sie, *schon okay*, ich müsse mich nicht rechtfertigen. »Du tropfst übrigens.« Ich fragte, ob sie sich nicht gefragt hätte, was für ein Trottel ich sei, und sie sagte, nein, das habe sie sich nicht gefragt. »Ich fand es süß, dass du kamst. Ich habe mir schon gedacht, dass du das nicht extra machtest.« – »Was dachtest du denn, warum ich nicht reinkam?« – »Keine Ahnung. Auf jeden Fall dachte ich nicht, dass du ein Trottel bist.« – »Sondern?« – »Ich dachte mir gar nichts. Das ist wie bei diesen schwachen Sternen. Die sieht man auch, obwohl oder gerade weil man sie nicht direkt ansieht. Aber wenn wir noch lange darüber reden, denke ich vielleicht wirklich bald, dass du ein Trottel bist.« – »Hast du denn gut angefangen, obwohl dann dieser Trottel …« – »Ja, hab ich, danke. Daran hast auch du nichts geändert. Es geht nicht immer nur um dich, weißt du«, sagte sie, lachte, und hielt ihre Hand an meine Wange: »Ehrlich gesagt hatte ich das schon fast wieder vergessen.«

Dann erzählte sie von ihrem neuen Job, und dass sie eine Mutterschaftsvertretung mache, und viermal die Woche arbeiten müsse. Als ich sie fragte, ob sie nicht eigentlich vorgehabt hätte, ein Buch zu schreiben, sagte sie, *doch*. »Aber es ist mühsam.« Ich gab ihr mein Eis, sie saugte die Kugel raus und verzog das Gesicht. »Es kommt mir vor, als ob ich schlecht in *Memory* wäre. Ich habe alle Karten fünfmal aufgedeckt, doch passt nichts zusammen.« – »Weißt du, was ich dann als Kind immer gemacht habe? Ich bin aufgestanden und habe gesagt, es sei ein Scheiß-Spiel.« – »Das glaube ich, dass du das gesagt hast.« – »Memory *ist* ein Scheiß-Spiel.« – »Es wird eben erst lustig, wenn man über dem Berg ist.« – »Ich kann dir versprechen, dass es lustiger ist, alles liegen zu lassen und das Wochenende mit mir zu verbringen.« – »Falls du denkst, ich würde jetzt jedes Wochenende mit dir Drogen nehmen, und dann schön bei dir schlafen, liegst du weit daneben.« – »Fandst du es nicht lustig?« – »Wir können etwas anderes machen, wenn du willst. Wir könnten an den See, zum Beispiel. Es hat doch da überall Seen?!« – »Ist das jetzt auch etwas, das du weißt, ohne dass du es weißt? Wie diese schwachen Sterne?« – »Nein, das weiß ich. Das müsste ich nur mal googeln. Hast du ein Zelt?« Sie sagte, dass sie uns eins besorgen würde, wenn ich dabei wäre. »Und was willst du da machen?« – »*Baden* zum Beispiel?« Und vielleicht war es, dass sie so unkompliziert auf die Ladengeschichte reagiert hatte, nachdem ich mir den ganzen Morgen überlegt hatte, was ich ihr sagen sollte, dass ich dann zusagte. Vielleicht war es auch, dass ich dich hörte, wie du meinen Untergang prophezeitest, und mir langsam auf den Sack gingst mit deinen Tipps. Auf jeden Fall fragte ich mich auf dem Heimweg, ob ich mich gerade in etwas reingeritten haben könnte.

Am Samstag wartete ich beim Reederpark auf sie, wo wir den Bus nehmen wollten. Es war schön und heiß, und lustigerweise dachte ich gerade deshalb, dass ich lieber in der Stadt bleiben würde, als alleine an den See zu gehen. Wir wussten ja beide, dass ich nicht wegwollte, und eigentlich hattest du ja recht, dass ich erwachsen war, und nichts tun musste, das ich nicht wollte. Als sie dann aber mit dem Zelt herangewatschelt kam, tat sie mir leid, weil sie extra eines gekauft hatte, während ich mir überlegt hatte, den Ausflug abzublasen. »Hoffentlich hat es nicht zu viele Leute da«, sagte sie. »Wo?« – »Am See. Leute gehen an den See, wenn es heiß ist. Bist du ein Alien oder so?« Ich wusste nicht, was ich sagen sollte. Dann strich sie mir über das Gesicht, und sagte: »Hallo, du Trottel!«

Als wir nach zwei Stunden aus dem Bus stiegen, waren wir die Einzigen weit und breit. Mira sagte, dass sie auf Google gesehen habe, dass da kaum jemand hingehe, weil das Restaurant vor einem Jahr geschlossen worden sei, weil wahrscheinlich auch davor niemand gekommen war. Vielleicht hatte es aber auch damit zu tun, dass der See direkt an der Straße lag und winzig klein war. Ich sagte trotzdem, dass sie das gut gemacht habe, und sie so: »Sissi.« Und ich so: »Was?« Und sie so: »Fiffi.« – »Was??« – »Ich bin kein Hund.« Dann fragte sie, ob ich wolle, dass ihr der Arm abfalle, und gab mir das Zelt. »Zum Glück regnet es nicht«, sagte sie. »Es ist nämlich ein Scheiß-Zelt.« Dann gingen wir über Steine und Gestrüpp den Waldrand entlang rund um den Tümpel bis zu einem Platz mit einer Feuerstelle, wo ein paar Bierdosen lagen. Sie legte ihren Rucksack hin, und fragte, ob das hier gut für mich sei. Ich nickte, und sagte, dass wir gleich ins Wasser gehen könnten, weil ich dachte, dass man das sagt, wenn man da ankommt. Sie schlug dann aber vor, uns erst noch ein Bier zu teilen. Ich hatte keines dabei, und sagte, dass ich gedacht hätte, dass man so was nicht mache, wenn man in die Natur gehe. »Ich dachte mir, dass du das denkst«, sagte sie, und zog eine Dose aus ihrem Rucksack. »Sorry«, sagte ich. »Vielleicht hast du recht, dass ich ein Alien bin.«

Nun hatte ich sie ja schon ein-, zweimal nackt gesehen, doch sah sie unter freiem Himmel mit ihrer gefleckten Haut noch viel schöner aus als sonst. Und ich muss dir ja nicht sagen, wie schön Frauen sind. Doch als sie aufstand, und Richtung Sonne ins Wasser stieg, und sich um ihre Knöchel Kreise zogen, sah ich zum ersten Mal, wie schön sie wirklich sind. Sie stand da und drehte sich zu mir um, und sagte, *komm,* und ich glaube, es hätte jede sein können, mit den Füßen im Wasser, im Gegenlicht, nackt, und ich hätte jede schön gefunden. Ich musste an *Eva* denken, weil ich dachte, dass ihr Unterbauch in Kombination mit den Bäumen und Schmetterlingen alle Instinkte in mir auslöste, die man überhaupt haben kann. Weil wir ja da quasi entstanden sind, und der Bauch gleichzeitig so schön und fein ist, dass ich mir einen Speer gewünscht hätte, um sie vor wilden Mammuts zu beschützen. Und ich weiß, dass ich von Glück reden kann, keine solche Wampe zu haben wie du. Denn irgendwie dachte ich dann etwas Ähnliches über mich selbst, als ich ins Wasser stieg. Sie schaute mich an, und ich schaute an mir runter, und meine Muskeln und der Schwanz machten, dass ich mich fühlte wie der erste Mensch.

Sie schwamm los, und ich stand im Wasser, mit den Füßen im Schlamm. »Komm jetzt! Du darfst nicht stehen!« Sie schwamm weiter, *komm doch!*, und ich hüpfte ihr nach wie auf dem Mond, bis ich es endlich über mich brachte, loszuschwimmen. Als ich bei ihr ankam, drückte sie mich unter Wasser. Ich versuchte, sie an einem Bein runterzuziehen, doch trat sie mir ins Gesicht. »Mach das nie mehr!«, sagte sie, als ich auftauchte. »Du musst mir versprechen, das nie mehr zu machen!« – »Also gut, versprochen.« – »Ich warne dich, du Arsch!« Dann schoss sie aus dem Wasser, und versuchte, mich noch mal runterzudrücken. Als sie sah, dass sie es nicht schaffen würde, lachte sie, und sagte, *sorry*. Und wahrscheinlich war das ein fauler Trick, weil sie dann zu zucken anfing, und sich drehte und ruderte und strampelte und ins Wasser schaute.

»Etwas hat mich gestreift, irgendein Viech! Da, schon wieder!« Dann schwamm sie zu mir, und hielt sich an mir wie an einer Boje. »Du musst mich loslassen, ich kann nicht gut schwimmen.« Und weil sie dann merkte, dass ich die Wahrheit gesagt hatte, lachte sie mich aus, und weil sie lachte, tauchte ich unter, und weil sie sich immer noch an mir festhielt, schaffte ich es nicht mehr an die Oberfläche. Dann ließ sie los, und hastete an Land. »Hast du das gespürt? Ich hasse das! In der Nacht kommen sicher noch viele solche Viecher. Können wir nicht einfach wieder nach

Hause?« Und weil ich wahrscheinlich dreinschaute, als ob ich gleich sagen würde, *doch, klar!*, breitete sie ein Tuch aus, legte sich hin, und sagte, sie hätte übrigens meine Kolumne gelesen. »Du schreibst lustig, du schreibst, wie du sprichst.« – »Das sagen alle.« – »Eigentlich wollte ich herausfinden, wie du heißt.« – »Was steht denn im Heft?«

Als wir trocken waren, suchten wir uns Holz, machten ein Feuer, brieten Würste am Stöckchen, dann drehte ich uns einen Joint. »Das hast du hingegen gewusst, dass man das macht in der Natur?« – »Nein, aber ich dachte, irgendwas muss ich ja machen.« Sie sagte, sie habe schon lange nicht mehr gekifft, nur dass ich das wisse, und ich sagte, sie solle in dem Fall nicht zu viel nehmen, und sie sagte, ich sei nicht ihr Papa, und hielt dann so lange mit mir stand, bis ich selbst so bekifft war, dass ich mir vorkam wie mit sechzehn. »Eine Kifferin sitzt bekifft beim Arzt«, sagte ich.

»Ich habe eine schlechte Nachricht für Sie, Frau Kifferin. Sie haben Lungenkrebs. Die Kifferin starrt an die Wand, und sagt gar nichts. *Haben Sie verstanden, was ich gesagt habe? – Ja, scheiße,* sagt die Kifferin. *Aber wenigstens ist es kein Krebs.«* Mira fand das überhaupt nicht lustig. Und darum sagte ich, sie solle einen lustigeren erzählen. »Ich kenne keinen«, sagte sie, und fing an zu lachen: »Doch! Ein Elefant und eine …« Sie lachte wieder. »… Maus. Hocken im Kino. Dann ruft die Maus: *Hey, du Scheiß-Elefant! Das nächste Mal sitze ich dir auch direkt vor der Fresse!«*

Der Himmel hinter dem Restaurant wurde orange, dann rot, dann violett. »Abendrot, Schönwetterbot'«, sagte ich irgendwann. »Das sagte meine Mutter manchmal. Und ich verstand immer *Brot* statt *Bot'*.« – »Das ist gut. Es ist nämlich wirklich ein Scheiß-Zelt.« Wir schauten ins Feuer, was eigentlich sehr romantisch gewesen wäre, wenn uns der Wind nicht die ganze Zeit den Rauch ins Gesicht geblasen hätte. Sie sagte dann trotzdem, sie finde es schön da. Und darum fragte ich sie, ob wir uns noch ein Bier teilen wollten. Sie sagte, sie sei müde. Ich solle aber ruhig alleine noch eins nehmen. Aber weil ich keine Lust hatte, alleine mit meiner Stirn anzustoßen, saßen wir dann da, bis es dunkel war, und sie sagte, sie habe kalt.

Während sie das Zelt ausbreitete, machte ich die Handytaschenlampe an, und stand dumm daneben. Nach einer Weile holte sie eine Stirnlampe aus dem Rucksack, gab mir die Zeltstangen, und fragte, ob etwas nicht gut sei. Ich sagte, *sorry, nein,* und half ihr beim Aufstellen. Beim Zähneputzen schaute ich über den See, und sah, dass im Restaurant Licht brannte. Ich versuchte, die Zahnpasta ins Wasser zu spucken, aber sie landete als weißer Fleck auf dem Boden.

Als ich ins Zelt kam, hatte Mira noch immer die Stirnlampe auf, und war dabei, sich ein neues Oberteil anzuziehen. Ich stieg in den Schlafsack, und schaute an die Decke, an der eine Schnur baumelte. Mira stützte sich neben mich auf, und fragte noch einmal, ob etwas nicht gut sei. »Nein, nichts«, sagte ich. »Ich träume nur.« Sie legte sich hin, und natürlich hätte ich mir gewünscht, einfach in Frieden mit ihr einschlafen zu können, aber es wurde mir schlecht, und ich konnte nicht länger daliegen. Ich versuchte an zu Hause und an den Nachmittag zu denken, der doch irgendwie schön gewesen war! Aber das nützte nichts. Ich strampelte mich aus dem Schlafsack und ging raus zum See an die frische Luft. Aber selbst das Wasser war nicht mehr ruhig, sondern schwarz und rau vom Wind. Ich ging in Unterhosen über die Steine Richtung Straße, bis Mira mir hinterherrief, wo ich hinwolle. Ich sagte, mir sei schlecht, ich müsse mich bewegen. Es war mir egal, wie peinlich das war, ich musste weg. »Ich komme mit!«, rief sie. Dann gingen wir das Gestrüpp entlang zur Straße, und weiter durch den Wald, und jedes Mal, wenn ein Auto vorbeirauschte, sagte sie, dass die uns nicht sehen würden. Ich fragte mich, wieso sie mich begleitete, und sie nicht fragte, was los war. Und ich hoffte, dass sie nicht zurückwollte, weil ich zehn Miras alleine hätte zurückgehen lassen müssen, bevor ich selbst zurückgegangen wäre. Aber sie kam einfach immer weiter mit. Irgendwie schien sie zu verstehen, dass ich keine andere Wahl hatte, als immer weiterzugehen, bis die Geister weg wären. Und auch wenn es vielleicht nicht den Eindruck machte, war ich froh, dass sie da war, und ich nicht alleine durch den Wald gehen musste.

Irgendwann kamen wir zu einer Busstation, wo eine Bank und eine Straßenlaterne standen, und ein Weg zu einer Siedlung führte. Mira fragte, ob wir hier eine Pause machen könnten. Und zuerst dachte ich, dass ich *auf keinen Fall anhalten durfte,* merkte dann aber, dass ich müde war, und kalt hatte, und die Übelkeit langsam wegging. Ich hielt mich an der Lehne fest, und setzte mich wie ein alter Mann. Dann sagtest du: *Das hast du jetzt davon*. Am See hattest du kein Wort gesagt, und darum fragte ich mich, was du für einer warst, wenn du dich nicht mehr meldetest, nur weil ich für einmal nicht das machte, was du wolltest. Du sagtest, die Spaziernummer geschehe mir recht. Ich solle nicht jeden Scheiß mitmachen, den sie mir vorschlug. *Du bist nicht der Typ, der so leben will wie sie. Und wenn sie genau das von dir verlangt, geht's dir nicht gut. Vor allem solltest du aufhören, dir einzureden, du seist nach Berlin gekommen wegen irgendwelchen Gespenstern. Du bist hier wegen deinem Instinkt. Du bist hier, weil du ein gutes Leben wolltest, das ist alles.*

Ich sagte zu Mira, dass ich nicht hätte kommen dürfen. »Eigentlich habe ich das ja immer gewusst.« – »Und warum bist du trotzdem hier?« – »Wegen dir. Weil ich dir eine Freude machen wollte. Aber ich hatte von Anfang an ein schlechtes Gefühl.« Dann sagte sie, dass ich ja vielleicht gekommen sei, weil ich nicht auf dieses Gefühl hätte hören wollen. »Es ist mir heilig.« – »Genau das meine ich. Vielleicht hindert es dich ja daran, Dinge zu tun, die du gerne tun würdest …« – »Wenn ich darauf gehört hätte, hätte ich jetzt nicht in Unterhosen durch den Wald latschen müssen. Und vielleicht würdest du mich dann noch attraktiv finden.« – »Jaja, kannst du schon sagen. Aber was mische ich mich überhaupt ein? Eigentlich kann es mir ja egal sein, wie du dein Leben lebst. Ich gehe jetzt zurück. Ich habe kalt.« Und weil ich sie nicht alleine zurückgehen lassen wollte, wollte ich wissen, ob sie noch Bier dahabe, *am See*. Dann fragte sie, ob ich mir von *diesem Gefühl* jetzt auch noch sagen lassen wolle, wann ich mich betrinken müsse. Dann warteten wir schweigend auf der anderen Straßenseite, und sie klapperte demonstrativ mit den Zähnen, bis der Bus kam, in dem uns die Leute anstarrten, als wären wir aus einer Heilanstalt abgehauen.

Wir kamen an unseren Platz, und alles Böse war von da verschwunden. Ich setzte mich ans Wasser auf einen Stein. Sie sagte, sie würde jetzt schlafen gehen. Sie habe wirklich kalt. Und ich sagte: »Danke, dass du mitgekommen bist.« Dann verschwand sie, und ich trank mein Bier, hörte dem leisen Plätschern zu, und dachte an dich.

Erst am Morgen war mir alles unendlich peinlich. Ich glaubte, dass sie wach war, da sie sich überhaupt nicht bewegte. Ich passte auf, dass sie nicht hörte, wenn ich schlucken musste, und wartete darauf, dass sie etwas sagen würde, weil ich nicht der Erste sein wollte, der etwas sagte. Und so wäre ich wahrscheinlich dagelegen, bis es wieder dunkel geworden wäre, wenn sie nicht irgendwann gesagt hätte, dass sie mir empfehlen würde, das mal anzuschauen. »Du hättest ruhig sagen dürfen, dass du den Ausflug scheiße gefunden hast, und Zelten nichts für dich ist, weil es dir ein schlechtes Gefühl gibt. Aber wenn du mich fragst, war das etwas anderes als nur ein Gefühl.« – »Ja, sorry«, sagte ich. »Ich glaube eben, dass ich zu dumm bin, und darum noch tausend Mal zelten ginge, wenn ich nicht so reagieren würde. Das ist das Einzige, das bei mir funktioniert.« – »Also, gut. Du kannst dem natürlich noch ein Leben lang aus dem Weg gehen, und noch bis achtzig jedes Wochenende Party machen. Das geht mich ja nichts an. Aber ich mache da nicht mit, nur dass du das weißt.«

Luftanhalten

Ich bin dir ja dankbar, dass du denkst, dass ich hierherkam, weil ich ein Held bin. Aber irgendwie konnte ich mich in den letzten Tagen nicht dagegen wehren, mich zu fragen, ob mich ein *Instinkt* wirklich durch den Wald scheuchen würde wie ein kleines Kind – oder ob Mira nicht vielleicht doch recht hatte, und mich die Geister nur an etwas hindern. Ich habe mir noch nie überlegt, warum sie da sind. Ich weiß nur, dass sie schon immer da waren, wenn auch manchmal nur wie das Monster von Loch Ness, mit dem man ja auch nicht unbedingt baden möchte, selbst wenn es niemals auftaucht.

Das erste Mal kamen sie in der ersten Klasse, als ich mich im Büro meines Vaters fast zu Tode gelangweilt hätte. Und ich höre dich ja schon, dass ich offensichtlich schon damals ein kleiner Held gewesen sein muss, der einen Instinkt dafür hatte, sich von Büros fernzuhalten. Lustigerweise verbrachte ich bis zu diesem Tag meine halbe Freizeit in diesem Zimmer, auch wenn mein Vater meist gar nicht da war. Ich lag stundenlang auf dem Teppichboden, und hielt die Arme in die Luft, und untersuchte meine Hände, bis sie kalt waren und kribbelten, oder schaute die getäfelte Decke an, und wie sich die Muster im Holz, die Muscheln und Wale und Schnecken über die verschiedenen Latten spiegelten. Und ich weiß noch, wie ich mich immer fragte, warum das alles Wasserlebewesen waren, wo doch Holz gar nichts mit Wasser zu tun hatte, und wie sehr es mich nervte, dass Schnecken im Wasser *und* an Land leben konnten, was die Regel ja gleichzeitig bestätigte und widerlegte.

Gegenüber dem Schreibtisch stand ein Büchergestell, das die ganze Wand bis unter die Decke in Beschlag nahm. Es gab Spalten, in denen man die Bücher der Farbe nach verbinden konnte, und Reihen, die einen Rhythmus ergaben, wenn man aufsagte, ob das Buch dick oder dünn war. Dann war da ein Buch, das mein Vater selbst geschrieben hatte, und das er darum mehrfach besaß. Darauf war ein Kopf, dessen Auge sich über die zehn gleichen Buchrücken zog, dass es aussah, als ob da ein Fisch im Gestell schwimmen würde, vor dem ich immer Angst hatte, während ich trotzdem nicht anders konnte, als immer wieder hinzuschauen.

Wenn ich auf dem Bauch lag, untersuchte ich den Teppich. Von Weitem war er grau. Von Nahem sah man aber, dass da auch rote und grüne und blaue Fäden eingestickt waren. Manchmal lag ich mit der Wange direkt darauf, und schaute über die Maschen wie über eine Wüste. Der Teppich roch modrig nach Staub, er stach mir in die Haut, und jeder Krümel schaute darauf aus wie ein Gesteinsbrocken auf einem fremden Planeten. Wenn mein Vater zu Hause war, saß er auf seinem Stuhl und schrieb. Manchmal kamen nur ein paar Buchstaben, dann zwirbelte er sich den Schnauz, und fing wieder an zu schreiben. Wenn er da war, spielte ich oft *Luftanhalten*. Dabei durfte ich nur atmen, wenn er schrieb, und wenn er sich den Schnauz zwirbelte, musste ich die Luft anhalten. Wenn er etwas korrigierte, durfte ich Luft holen, aber erst wenn er wieder normal schrieb, durfte ich auch wieder normal atmen. So schaffte ich es meist recht lange, mich durchzuhangeln, was vor allem darum wichtig war, weil er sich immer aufregte, wenn ich nach Luft schnappte wie ein Elch.

An einem Nachmittag in der ersten Klasse überlegte er aber einmal so lange, dass ich schon aufgeben wollte, bis etwas Komisches passierte. Es fühlte sich an, als ob Luft durch meinen Bauch einströmen würde, wodurch ich ganz ruhig wurde, als hätte mich jemand mit einer Decke zugedeckt. Es kam mir vor, als könnte ich für immer so liegen bleiben, ohne jemals wieder atmen zu müssen. Das Zimmer sah aus, als würde ich es aus einem Astronautenhelm betrachten. Dann fing mein Körper an zu kribbeln, und das Muster des Teppichs verdoppelte und verschob sich, und die Ebenen vermischten sich zu einem breiigen Grau. Ich lag nicht mehr auf dem Boden, sondern schwebte darüber, gleichzeitig waren meine Arme und Beine unendlich schwer, und es fühlte sich an, als könnte sich jederzeit ein Loch auftun, durch das ich ins Erdinnere stürzen würde. Wenn nicht irgendwann die Geister gekommen wären, und meine Flauschigkeit in Übelkeit verwandelt hätten, wäre ich wohl zur *Luftanhalten*-Legende geworden, die es tatsächlich geschafft hatte, nie mehr atmen zu müssen. Aber wegen ihnen verlor ich das Spiel, und verbrachte von da an keinen einzigen Nachmittag mehr in diesem Büro.

Ich will noch nicht zum Nikolaus

Nach dem Ausflug meldete sich Mira ein paar Tage gar nicht mehr. Als ich ihr schrieb, sagte sie, dass ich sie beim Buchladen abholen und wir zusammen essen gehen könnten. Und natürlich machte sie das absichtlich, ich wusste nur nicht, ob sie jetzt erwartete, dass ich ehrlich sein oder ob ich tatsächlich zu ihr kommen würde. Ich sagte dann, dass wir uns vielleicht besser bei der Palme treffen sollten, worauf sie in ein Halstuch gewickelt dahin kam, damit ich schon von Weitem sehen konnte, dass sie sich am Wochenende erkältet hatte. Ich schlug vor, uns auf den Baum zu setzen, aber sie sagte, sie bleibe lieber *hier,* weshalb wir dann *im Stehen* miteinander redeten.

Ich sagte, dass ich gerade etwas zu mir schauen müsse. »Aber natürlich hast du recht, dass es möglich sein müsste, auch mal etwas zu machen, das ich nicht schon mein Leben lang mache. Auf jeden Fall tut es mir leid, dass ich so kompliziert bin.« – »Das ist mir egal«, sagte sie. »Aber wenn du mich nur noch *am schönsten Ort der Stadt* sehen willst, frage ich mich schon, ob das noch Sinn macht, so.« Dann sagte ich, dass sie nicht denken solle, dass ich mir keine Mühe geben würde, weil ich ja nur wegen ihr überhaupt an den See gekommen sei. »Ich weiß«, sagte sie. »Aber du machst das eben nur, solange es dir passt.« –

»Ich glaube auch nicht, dass es sinnvoll wäre, etwas zu wollen, das mir nicht passt.« – »Genau das meine ich.« – »Ich bin nicht dumm, falls du das denkst. Ich habe mich für dieses Leben entschieden. Ich will den Scheiß nicht, der mir nicht gut tut.« – »Wer will das schon. Aber du hast doch selbst gesagt, dass Bud Spencer gesagt hat, dass man da draufschlagen muss, wo es am meisten wehtut. Damit es umso schöner wird!« – »Ich dachte, du hättest mir nicht zugehört.« – »Habe ich aber.« – »Ich weiß nicht, ob er das so gemeint hat.« – »Wie denn sonst?« Und weil ich einerseits dachte, dass sie recht hatte, ihr andererseits nicht recht geben wollte, sagten wir dann eine Weile nichts, bis sie sagte, sie hätte mich etwas fragen wollen.

Sie sagte, ihr Vater werde sechzig, und sie wolle ihm einen Überraschungsbesuch machen, und darum habe sie sich gedacht, dass wir vielleicht zusammen hingehen könnten. »In die Schweiz?« – »Du musst nicht kommen, wirklich nicht. Aber das wäre doch eine gute Gelegenheit. Lass es dir doch wenigstens mal durch den Kopf gehen. Sonst macht das nämlich wirklich keinen Sinn mehr, so.« – »Das würde sicher ein schöner Ausflug werden, wenn du mich jetzt erpresst.« – »Ich bin ja nur ehrlich. Und im Gegensatz zu dir glaube ich auch nicht, dass immer alles schön sein muss.« – »Aber manchmal, oder? Manchmal darf es doch schön sein. Ehrlich gesagt bezweifle ich nämlich, dass du hier bist, um nach vier Tagen im Buchladen und fünf Nächten an deinem Scheiß-Buch zurück in die Schweiz zu gehen, um deinen Vater zu besuchen.« Dann sagte sie, dass sie eben doch *genau* darum hierhergekommen sei. »Um zu schreiben. Und in einem Buchladen zu arbeiten. So was nennt man doch Leben. Oder was würdest du denn sagen, was Leben ist, wenn nicht, seinem Vater eine Freude zu machen? Was soll ich denn deiner Meinung nach tun?« – »Keine Ahnung. Im Gegensatz zu dir sage ich dir nicht, wie du leben sollst. Du könntest das Buch wegschmeißen, zum Beispiel.« – »Das ist dein Ding, einfach aufzugeben, aber nicht meines. Ich werde mein Buch nicht wegschmeißen.« – »Siehst du? Jetzt hast du auch Angst.« – »Ich habe keine Angst, ich sehe nur keinen Grund, warum ich das tun soll.« – »Und wenn du dich einmal auf das Leben hier einlassen würdest, anstatt den ganzen Tag zu arbeiten?« – »Das *ist*, warum ich hier bin. Aber das verstehst du wahrscheinlich nicht, dass man das gerne macht. Aber gut, von mir aus ...« Sie hielt mir die Hand hin, wie ich ihr in der Perle die Hand hingehalten hatte, und sagte: »Wenn du mitkommst, lege ich das Buch weg. Schaden kann es wohl wirklich nicht.«

Ich konnte nicht glauben, wie schnell sie sich auf meinen Vorschlag einließ, während ich an ihrer Stelle wohl zwei Jahre dafür gebraucht hätte. Am liebsten hätte ich darum gleich eingeschlagen, um ihr zu zeigen, dass ich es ebenso ernst meinte, auf sie zugehen zu wollen – wobei ich mir nicht sicher war, ob man eine Schreibpause damit vergleichen konnte, nach neun Jahren in die Schweiz gehen zu müssen, um einem fremden Vater zum Geburtstag zu gratulieren, während ich nicht mal an der Beerdigung meines eigenen Vaters gewesen war. Darum sagte ich, dass ich mir das noch mal in Ruhe überlegen müsse. Und natürlich hatte sie keine Freude an dieser Antwort, weshalb ich mich am Ende selbst fragte, was ich denn damit gemeint hatte. Aber natürlich hatte ich damit gemeint, dass ich das mit *dir* besprechen musste, weil nur *du* mir sagen konntest, was gut für mich war. Doch bevor ich dich überhaupt darauf ansprechen konnte, redetest du auf dem Heimweg bereits auf mich ein, als ob ich verrückt geworden wäre.

Du sagtest, ich würde mich endgültig aufgeben. *Eine Frau, die einen nicht leben lässt, ist es nicht wert, Heldi! Eine solche Frau ist ein Monster.* Und ich hatte ja jahrelang auf deine Tipps gehört, und sogar dann weitergemacht, als du abhautest, um den Weihnachtsmann zu suchen. Und du hattest ja immer von mir verlangt, dass ich das verstehen würde, weil es etwas *Schönes* war abzuhauen, wohingegen in die Schweiz zu fahren eine Scheiß-Idee war. Ich hatte es ja immer geliebt, dass wir alles anders machten als die anderen, und wir die normalen Ideen scheiße, und unsere Scheiß-Ideen gut fanden. Darum machte ich ja auch ohne dich weiter. Und darum wusste ich ja auch, dass du stolz auf mich sein würdest, was letztlich das war, was ich wollte: dass du stolz auf mich warst. Und so versuchte ich die ganze Zeit, ein Hirngespinst stolz zu machen, mit einem Hirngespinst zusammenzuleben, und diesem Hirngespinst am Ende sogar zu schreiben, nur damit ich mein schlechtes Gewissen loswerden konnte, weil ich nicht mehr so lebte wie du. Und so frage ich mich schon, warum ich dachte, zuerst dich fragen zu müssen, ob ich in die Schweiz gehen solle. Ich frage mich, warum ich immer noch das Leben lebe, das wir früher lebten. Vor allem aber frage ich mich, warum ich dir so lange dabei half, alle davon zu überzeugen, dass es etwas Schönes war, sich umzubringen.

Eule, es war dein Leben, deine Entscheidung, und du weißt, dass ich dich immer geliebt habe. Aber ich kann dir nicht länger nachheulen. Ich habe mein eigenes Leben, und ich will noch nicht zum Nikolaus.

Mira

Sorry, Mira

Nachdem wir uns getroffen hatten, schrieb ich Eule. Ich hatte ihm in letzter Zeit oft geschrieben, wie du es mir geraten hattest, und das war eine Weile auch gut gegangen. Doch wurde es mit der Zeit immer schwieriger, ihm das zu sagen, was ich wirklich wollte. Es hatte ihn nie interessiert, warum ich hierhergekommen war. Er war immer überzeugt gewesen, dass ich das gemacht hatte, weil ich ein Held war. Und lange glaubte ich das ja selbst. Doch spätestens am See merkte ich, dass das nicht stimmte. Es waren Geister, die mich fertiggemacht hätten, wenn ich nicht von zu Hause abgehauen wäre. Und obwohl ich dir nie von ihnen erzählt habe, glaube ich, dass du weißt, dass sie etwas damit zu tun haben, warum ich lebe, wie ich lebe. Eule hingegen glaubte mir nicht. Obwohl ich ihm genau beschrieb, wie sie mich verscheucht hatten, glaubte er immer noch, dass ich aus freiem Willen da war. Als ich ihn nun fragen wollte, ob ich mit dir in die Schweiz gehen solle, merkte ich, dass ich das nicht mehr wollte. Ich wollte ihn nicht mehr bei allem um Erlaubnis bitten. Er war weg. Er hatte mich alleine gelassen. Und ich war ihm viel zu lange treu geblieben.

Ich ging in sein Zimmer, und es war das erste Mal, dass ich dastehen konnte, ohne dass sich mein Herz zusammenzog. Es war nicht mehr sein Zimmer, es roch nicht mehr nach ihm, sondern nach gar nichts. Es sah aus, als ob da ein Teenie gewohnt hätte. Eine Matratze und eine Decke lagen am Boden, zusammengewurstelt von den Leuten, die mal dagesessen und gekifft hatten, *um Eule die letzte Ehre zu erweisen*. Daneben standen die Holzkisten, in denen seine Platten gelegen hatten, bevor ich sie ins Wohnzimmer gebracht hatte. An der Decke hing eine Ballonlampe, auf dem Fensterbrett stand ein Kaktus, der immer noch aussah wie damals, als Eule ihn *aus der Biotonne gerettet* hatte. An der Wand stand ein Tisch mit einer Weltkarte als Schreibunterlage und Feuerzeugen, Stiften und einer leeren Zigarettenschachtel darauf. Darüber hing eine Pinnwand mit Fotos und selbstgedruckten Flyern. Auf einer Karte war ein Nikolaus, der aussah wie aus Wachs, und dessen Rückseite leer war. Ich nahm die Pinnwand vom Haken, und ließ sie auf den Boden fallen. Ich kippte den Schreibtisch, dass Eules Zeug runterpurzelte, und stellte die Matratze an die Wand. Ich hob die staubige Lampe von der Decke, und dachte, *sorry, Eule*.

Es dauerte nicht lange, dann spürte ich etwas, und im ersten Moment dachte ich, *kommt nur, ich habe nichts zu verlieren*. Ich dachte, ich müsse keine Angst haben, weil die Geister noch nie in unsere Wohnung gekommen waren. Aber jetzt waren sie da. Ich ging auf den Balkon, und versuchte, ruhig zu bleiben, doch die Brüstung erinnerte mich nur daran, wie ich als Kind den Nachbarn auf die Markise gekotzt hatte. Und wie ich mir vorgestellt hatte, dass die Kotze von da abprallen, und auf den Rasen fallen würde, sie aber genau so kleben blieb, wie sie da gelandet war. Ich schaute zum Filmverleih, und dachte, *du bist kein Kind mehr*. Aber mein Leben war plötzlich weit weg, und alles war wieder wie früher. Es fühlte sich an, als wären die letzten Jahre vielleicht ein schöner Ausflug gewesen, ein netter Versuch, aber nicht mein richtiges Leben. Ich fragte mich, wie ich so lange hatte denken können, dass das hier mein richtiges Leben war, wo doch zu meinem richtigen Leben die Geister gehörten. Ich würde ihnen nie entkommen können, das war mir jetzt klar. Und gerade deshalb konnte ich mich nicht dagegen wehren, genau dies noch ein letztes Mal zu versuchen.

Es war Mittwochabend, die zweite Mo-Di-Mi-Party hätte zu Ende sein sollen, doch hoffte ich, dass sie etwas länger machten. Mirko an der Tür war es gewohnt, kaputte Leute zu sehen, trotzdem fragte er mich, ob es mir gut gehe. Er sagte, es sei bald Schluss hier, aber wenn ich wolle, könne ich auf einen Absacker reinkommen. Ich tat, als wäre das genau, was ich vorhätte, und er ließ mich umsonst rein. Aber auch der Club konnte mich nicht beschützen. Anstelle *meiner* Perle sah ich nur ranzige Holzbalken, billige Dekorationen, und Leute, die mich mit hässlichen Fratzen anglotzten. Auf dem Floor ging es etwas besser, immerhin lief Techno, und die wenigen, die noch da waren, tanzten, auch wenn sie wahrscheinlich gar nicht mehr wussten, was sie da machten. Ich hatte nichts dabei, weil ich gehofft hatte, morgen vielleicht doch mit dir in die Schweiz zu gehen. Und alle, die normalerweise etwas verkauften, waren weg, nur die waren noch da, die am letzten Tag der dreitägigen

Afterparty noch oder schon wieder da waren. Und so fragte ich mich durch wie ein Penner, bis einer mit mir auf die Toilette wollte, worauf ich ihm das Geld gab, und sagte, ich könne nicht raus, er müsse es mir gleich hier geben. Ich ging an die Bar, und bestellte ein Bier bei Franzi.

Sie fragte, wo die anderen seien, ich sagte, *nicht da*, sie sagte, es sei eh bald Feierabend, und ich zuckte mit den Schultern, als störte das vielleicht diese kaputten Leute hier, aber sicher nicht *Held*. Ich nahm eine *Ganze,* und stellte mich in die Ecke auf ein Podest. Ich schaute über die wie Roboter tanzenden Leute, und es war eine komische Mischung aus Erleichterung und dem Gefühl, dass das, was ich gerade tat, das Erbärmlichste war, was ich je getan hatte.

Als die Pille zu wirken begann, wurde die Perle wieder zur Perle, und mir kamen die Tränen. Die Lichter waren wieder warm, und die Luft roch süßlich nach Rauch. Ich glaubte, jetzt wieder das genaue Gegenteil zu spüren, ja, dass *dieses* Daheim mein *wahres* Daheim war, und nicht das, das mich auf dem Balkon eingeholt hatte. Ich konnte nicht glauben, dass ich hatte denken können, ein falsches Leben gelebt zu haben, nur weil ich mir eingestanden hatte, dass Eule nicht zurückkommen würde.

Ich dachte, dass ich niemals vergessen durfte, dass das, was er getan hatte, groß war. *Wer, wenn nicht er, sollte selbst entscheiden können, wann er in den Himmel will?*, dachte ich. *Dass das niemand versteht, ist doch klar. Ich war ja immer der Einzige, der daran glaubte, dass er recht hatte, dass man niemals aufhören muss zu tanzen.* Ich schaute über die Leute, und wie die Laterne in der Mitte nicht aufhörte, sich zu drehen. Ich dachte, dass er sein Leben geopfert hatte, als für ihn die Party vorbei war, war doch der beste Beweis, dass er es ernst gemeint hatte. Ich dachte: *Gerade weil niemand glaubt, dass er mit einem Lachen von der Welt ging, darf ich nicht aufhören, an ihn zu glauben! Der Idiot dachte doch tatsächlich, dass man sich von keinem Krieg und keiner Krankheit verbieten lassen soll, glücklich zu sein. Wo man das doch gar nicht denken darf! Wo doch alle wissen, dass Krieg und Krankheit einen kaputtmachen. Ihn hat das nie interessiert,* dachte ich. *Er sagte immer, dass er sich seine Wahl von nichts und niemandem nehmen lassen würde. Und gerade weil er sein Wort hielt, lebte ich unser Leben auch dann weiter, als er gegangen war.* Ich dachte, auch wenn ich aus Angst aus der Schweiz abgehauen sein sollte, war ich doch nicht aus Angst hiergeblieben. Ich hatte doch nicht aus Angst immer weitergemacht, sondern weil ich dieses Leben liebte. *Ich hörte ja erst damit auf, als Mira mich auf die Idee brachte, dass ich dieses Leben aus Angst lebte,* dachte ich. *Sie will mir nichts Böses, sie weiß nur nicht, was Eule für mich bedeutet. Ich habe mich in sie verliebt, aber sie ist nichts im Vergleich zu dem, was ich verliere, wenn ich aufhöre, an den Dicken zu glauben.*

Ich tanzte die ganze Nacht. Ich vergaß, dass die Party längst hätte vorbei sein sollen, und glücklicherweise vergaß das auch Heini.

Als ich in der Morgensonne Richtung Jarowskibrücke schlenderte, wusste ich, dass ich mir nie mehr würde ausreden lassen, dass ich ein Held war. Ich war ein Held, weil ich daran glaubte, dass man sich für das Glück entscheiden kann. Erst als ich dich sah, wie du neben deinem Koffer auf mich wartetest, um zusammen in die Schweiz zu gehen, erst als du sahst, wo ich gewesen war, realisierte ich, was meine Entscheidung bedeutete. So wie Eule sein Leben geopfert hatte, würde ich jetzt dich opfern müssen.

Und dass du mich zu verstehen schienst, war das Schlimmste.

Der Kater

Als ich erwachte, schaute ich an die Decke, und dachte: *Was bin ich nur für ein Idiot?* Ich hatte dich tatsächlich für Eule geopfert. Meine Erinnerung war schwach, aber ich wusste, dass ich mir sicher gewesen war, dass dies das Einzige war, das ich tun konnte. Doch wie gut die Gründe auch gewesen sein mochten: Ich hätte mich sofort wieder bei dir melden wollen. Ich konnte nicht glauben, dass Eule und die Drogen mich dazu getrieben hatten, jetzt wieder allein dazuliegen. Und gerade weil ich das getan hatte, damit ich ihn niemals vergessen würde, dachte ich, dass er endgültig aus meinem Leben verschwinden sollte.

Ich hätte dir schreiben wollen, dass es mir leidtue, und ich dich sehen wolle, aber natürlich würdest du nicht so dumm sein und darauf eingehen. Trotzdem konnte ich nicht warten, bis ich dich vergessen haben würde. Hier war nichts, ich war nichts, ohne dich. Dazu kam der Kater. Dass ich zwei Ganze genommen hatte, war keine gute Idee gewesen. Bis ich es schaffte, aufzustehen, war es schon fast wieder dunkel. Ich machte Licht, und setzte mich ans Pult, und erinnerte mich an die Nacht im Winter, als ich mit zitternden Händen dagesessen und versucht hatte, eine *Live-Kolumne* darüber zu schreiben, dass die Party vorbei war. Ich schaute mich im schwarzen Bildschirm an, und wie mein Gesicht an den Knochen hing, dann ging ich auf die Toilette, trank Wasser vom Hahn, ging in die Küche, schraubte den Kaffeekocher auf, legte ihn wieder hin, ging ins Bett, und nur, weil ich mich selbst sagen hörte, es komme schon gut, konnte ich irgendwann wieder einschlafen.

Seither rieche ich nichts, und meine Zunge ist taub. Ich sehe alles wie durch einen Feldstecher, durch den man verkehrt herum hindurchschaut, und um meinen Kopf schwebt eine Wolke, von der sich eine Übelkeit ausbreitet bis in die Fingerspitzen. Wenn ich schlafe, ist das Gefühl weg, und wenn ich erwache, ist es wieder da, bevor ich überhaupt weiß, was los ist. Ich habe schon viele solche Tage überlebt. Ich bin ein Profi darin, sie mir einzurichten, weshalb ich mir gerade alle zwei Stunden sage, dass ich den Koffer packen und zu dir reisen werde, um dir zu sagen, dass es mir ernst ist, dass ich dich mag. Doch auch wenn das das Einzige ist, das ich will, weiß ich, dass das nicht gehen würde. Seit du weg bist, sind auch die Geister weg. Und wenn ich zu dir kommen würde, wären sie wieder da. Das Einzige, das meinem funktionierenden Resthirn noch in den Sinn kam, war, dir zu schreiben, so wie ich Eule geschrieben hatte.

Die Chohl

Wahrscheinlich hast du recht, dass ich ein Penner bin, weil ich schon wieder im Club landete, sobald der Kater einigermaßen überstanden war. Diesmal war es aber nicht, dass ich darin die einzige Möglichkeit sah, mich vor den Geistern zu retten, sondern dass ich, im Gegenteil, endlich wissen wollte, woher sie kamen. Ich ging ins *Null,* einen Club, der nicht gerade dafür bekannt war, lebensfrohe Musik zu spielen. Ich wusste nicht genau, was ich da wollte, aber ich dachte, dass ich da eher finden würde, was ich suchte, als daheim oder in der Perle. Ich hatte vorsichtshalber nichts mitgenommen, aber dann stand ich da, und trank einen Prosecco, und im Garten spielte eine Industrial-Combo *live,* weshalb ich dann doch ziemlich bald eine herumstehende Dealerin fragte, ob sie mir was verkaufen könne. Sie winkte mich auf die Toilette, wo sie in ihren Taschen kramte, bis sie merkte, dass sie das Zeug verloren oder bereits verkauft hatte. Als ich ihr half, die Zigaretten einzusammeln, die ihr dabei aus der Tasche gefallen waren, sagte sie, es tue ihr leid, sie habe nur *Keta*. Und aus irgendwelchen Gründen sagte ich *okay, auch gut.*

Eule hatte Keta immer gehasst. Er war immer der Meinung gewesen, wer Keta nehme, solle das zu Hause tun, und den *kostbaren Clubboden* nicht besetzen, weil man da halt irgendwann nur noch herumsteht wie ein Esel. Aber so armselig es auch sein mochte, bereits wieder auf ein Pülverchen zurückzugreifen, war das Eis zu dünn, um mir irgendwelche Eitelkeiten zu leisten.

Vielleicht war, dass die Dealerin nichts anderes dabeihatte, ja ein Zeichen. Auf jeden Fall schien es mir gar nicht so schlecht, zur Abwechslung mal in mich zu gehen, statt in die Lüfte zu donnern. Und so quartierte ich mich, nachdem mich die Kollegin angeschnorrt hatte, *noch etwas* von ihrem eigenen Zeug *für später* mitnehmen zu dürfen, im Technofloor ein.

Ich stellte mich vor den DJ, und hielt mich am Geländer fest, und konnte nicht glauben, dass ich schon wieder dabei war, mir den nächsten Kater einzuheimsen. Es fühlte sich an, als würde ich nicht nur viel, sondern *den letzten Rest* riskieren, den ich geben konnte. Ich würde nicht *noch* eine Woche verkatert daheim verbringen können. Die Nacht lag vor mir, und ich wusste, dass etwas geschehen musste. Und weil ich mich schon wieder zu Hause vereinsamen sah wie ein Mehlwurm, hörte ich mich plötzlich sagen: *Eigentlich weißt du ja, woher sie kommen*. In mir wurde eine Ahnung deutlich, die ich zwar schon immer gehabt hatte, aber niemals in klare Gedanken hatte fassen können. Ich glaubte zu wissen, dass die Geister aus der *Chohl* kamen. Das war das Dorf, in dem meine Mutter aufgewachsen und aus dem sie ebenfalls abgehauen war, als sie jung war. Sie hatte mir immer Geschichten davon erzählt. Sie erzählte mir sie immer so, als wäre die Chohl ein böser Ort, wie aus einem Märchen, als würde sie sich selbst daran erinnern wollen, dass es gut war, dass wir nicht mehr da, sondern an einem schöneren Ort lebten. Ich hatte kaum je wieder an die Chohl gedacht. Doch mit dem Bass floss die Geschichte meiner Mutter in mich hinein wie ein Strahl. Ich schien plötzlich viel mehr darüber zu wissen, als sie mir erzählt hatte. Es war, als würde die Musik mir einflößen, was passiert war. Es war, als würde mir der Techno sagen, warum ich da stand, nicht nur da auf der Welt, sondern da im Club. Ich wusste nicht, woher das kam, aber ich wusste, dass das die Wahrheit war. Und als ich am Morgen in den Garten trat, und mich jemand fragte, was ich die ganze Nacht gemacht hätte, dachte ich, *ich muss das alles aufschreiben.*

Eigentlich wäre die Chohl ein schönes Dörflein im Emmental, wie man es sich vorstellt. Die Eltern meiner Mutter betrieben da einen kleinen Lebensmittelladen, in dem man Mehl und Kartoffeln aus großen Säcken kaufen konnte. Wie es meiner Mutter als Kind ging, weiß ich nicht. Ich weiß nur, dass ihre Mutter krank wurde, als sie zehn Jahre alt war. Sie nannte ihre Mutter *Agnes,* was immer so klang, als wäre das nicht ihre Mutter, sondern nur irgendeine Bekannte der Familie gewesen. Anfangen tat es dann damit, dass meine Mutter Agnes auf dem Küchenboden liegen sah. Meine Mutter sagte immer, dass alle so getan hätten, als ob es normal wäre, dass man eben einmal umfalle, wenn man so viel arbeite. Doch habe sie von Anfang an gewusst, dass das nicht normal war. Agnes sei immer öfters schwindlig geworden, und im Laden habe sie die

Rechnungen falsch zusammengezählt, was sie vor ihrem Mann und den Söhnen zu verbergen versucht habe. Nur meiner Mutter vertraute sie irgendwann an, dass sie manchmal nur die Hälfte davon sehe, was man normalerweise sähe, und dass sie Geräusche höre, als ob jemand neben ihrem Ohr Papier zerknäueln würde.

Auch wenn in der Chohl niemand an Wunder glaubte, und noch weniger an die Medizin, wurde Agnes am Kopf operiert, eine Chemotherapie angesetzt und die Lymphknoten bestrahlt. Meine Mutter sagte, dass sie an dem Tag, als Agnes nach langer Zeit nach Hause gekommen sei, gedacht habe, dass die Leute vielleicht recht gehabt hätten mit ihrem Geschwätz, *dass sie der Teufel holen würde*. Agnes sei glatzköpfig und mit abstehenden Armen ins Haus geschlurft, und am Abend habe sie vor Schmerzen geschrieen. Erst als ihr der Vater eine Spritze gegeben habe, sei sie ruhig geworden und eingeschlafen wie ein Tier. Am nächsten Tag habe er zwei Spulen an der Decke befestigt, damit meine Mutter und ihre Schwester Agnes' Arme je an einem Seil hochziehen und wieder runterlassen konnten. Der Arzt habe empfohlen, die Arme in Bewegung zu halten, damit das Blut besser zirkulieren konnte, was die Schmerzen erträglicher machen sollte. Meine Mutter sagte immer, dass die Schaukeln bei uns auf dem Spielplatz genau so klangen, wie die Spulen damals in der Chohl.

Die Ärzte gaben Agnes ein Jahr, doch meine Großmutter war zäh, und als meine Mutter fünfzehn Jahre alt war, lebte sie immer noch. Am Schluss sei sie mit Knubbeln übersät gewesen, dass es ausgesehen habe, als hätten

Schrauben unter der Haut gesteckt. Da ihr Vater und ihre Brüder nie zu Hause waren, und die Schwester Edith zu klein war, war meine Mutter es, die Agnes pflegte, den Haushalt machte, und Edith abends ins Bett brachte. Agnes habe sich immer gewehrt, Schmerzmittel zu nehmen, weshalb meine Mutter irgendwann anfing, Morphium in den Gute-Nacht-Tee zu mischen. In dieser Zeit sei meine Mutter oft am Fenster gestanden, habe den Mond angeschaut und gehofft, dass ihre Mutter bald sterben könne. In einer Nacht im Frühling erwachte sie dann, und spürte, dass ihr Wunsch in Erfüllung gegangen war, und sie sich von jetzt an um ihre kleine Schwester kümmern musste. Davon sei auch ihr Vater ausgegangen. Überhaupt habe er von ihr verlangt, dass sie den Platz von Agnes übernehmen würde, was auch immer das heißen sollte. Darum wäre meine Mutter nach der Schule am liebsten abgehauen. Doch blieb sie der Schwester zuliebe da, und machte den Haushalt, bis diese ihr nach ein paar Jahren sagte, dass sie das hier jetzt übernehmen könne.

Mit neunzehn fing meine Mutter in Bern eine Lehre als Schuhverkäuferin an. Ich weiß nicht, wie sie darauf gekommen war, doch schien ihr alles recht zu sein, solange sie nur aus der Chohl verschwinden konnte. Ihr Vater hatte keine Freude, dass sie in die Stadt ziehen wollte, ohne ihn um Erlaubnis zu fragen. Als er davon erfahren habe, habe er gelacht und gesagt, dass sie irgendwann sowieso wieder dastehen werde. Und dieser Satz sei es gewesen, der ihr nicht mehr aus dem Kopf gegangen sei. Lustigerweise ging sie an den Wochenenden tatsächlich immer wieder zurück.

Sie sagte immer, dass sie die Schwester nicht habe allein lassen wollen. Ich glaube aber, dass sie auch deshalb zurückging, weil sie die Chohl tatsächlich vermisste. Trotzdem glaube ich, dass sie gerne in der Stadt lebte. Sie wohnte in einer Mansarde bei einem alten Ehepaar direkt über dem Schuhladen. *Madame Chambertin* sei eine sehr nette Frau gewesen, die aus Eitelkeit Französisch sprach, obwohl sie Bernerin war. *Madame* habe ihr jeden Sonntag eine Schokolade aufs Kissen gelegt, um ihr den Abschied von zu Hause zu erleichtern. Ihr Mann sei hingegen ein ekelhafter Typ gewesen. Zum Duschen sei er oft zu ihr raufgekommen, weil das Wasser *en bas* angeblich nicht so warm gewesen sei wie bei ihr. Dann sei er mit halbsteifem Penis aus der Dusche getreten, und habe sie gefragt, ob sie das *intéressant* finde. Sie sprach das Wort immer französisch aus, als wäre dieses französisch ausgesprochene *intéressant* das Ekligste an allem gewesen. Meine Mutter erzählte der Frau nichts davon, und sie sagte das immer so, als sei sie heute noch froh, dass *Madame* nichts erfahren musste. Sie sagte dann immer, dass es ja zum Glück *bei dem* geblieben sei, was wahrscheinlich das genaue Gegenteil bedeutete.

Immerhin glaube ich, dass ihr die Arbeit im Laden, der gleichzeitig eine Schuhmacherei war, gefiel. Der Chef muss zwar ein Idiot gewesen sein, weil er ihr als Frau verbot, die Werkstatt zu betreten. Doch allein in diesem Laden stehen zu dürfen, zwischen Herrenschuhen, die nicht dafür gemacht waren, im Kuhmist zu stehen, machte sie stolz. Wenn ein Kunde den Laden betreten habe, habe sie ihn gemustert und sich überlegt, warum er sich wohl neue Schuhe kaufen wollte. Manchmal habe sie die Kunden auch direkt gefragt, was sie sich davon wünschten. Doch habe ihr der Chef irgendwann verboten, solche Sachen zu fragen. Wahrscheinlich machte sie also nichts anderes, als den ganzen Tag im Laden zu sitzen, und sich vom Chef zusammenscheißen zu lassen. Aber nebst dem, dass ihr das immer noch lieber war, als in der Chohl zu leben, arbeitete in der Werkstatt ein junger Italiener, der ihr schöne Augen machte. Er hieß Giaccomo, was sie immer mindestens einmal wiederholte, weil sie den Namen so schön fand. *Giaccomo,* sagte sie dann, hörte sich selbst dabei zu, und war enttäuscht, wenn ich den Namen nicht gleich schön fand wie sie. Wenn der Schuhmacher herumgemotzt habe, habe Giaccomo sich über ihn lustig gemacht. Überhaupt hätten sie sich gut verstanden, obwohl er kaum Deutsch gesprochen habe. Sie sagte, dass er wahrscheinlich ein bisschen verliebt gewesen sei in sie, und sie vielleicht auch ein bisschen in ihn. Aber er sei halt Italiener gewesen, und sie Emmentalerin, und er habe eben Italienisch gesprochen, und sie Berndeutsch, und damit sei die Sache vom Tisch gewesen.

Kurz vor Ende der zweijährigen Lehre stand sie an einem Freitagabend auf einer Rolltreppe am Bahnhof, um zurück in die Chohl zu fahren, als hinter ihr jemand *Entschuldigung* sagte. Es sei kein normales, sondern ein *deutsches* Entschuldigung gewesen, und das habe sie erschreckt. Ein Mann stand zwei Tritte hinter ihr, und schaute sie nervös an. Sie dachte, dass sie etwas verloren hatte, doch wollte der Mann sie lediglich zu einem Kaffee einladen. Er hieß Heinz, war elf Jahre älter als sie und Dozent für Germanistik. Sie habe nicht gewusst, was das sei, doch sei das nicht ihr, sondern ihm peinlich gewesen. Überhaupt habe der Mann auf sie einen so nervösen Eindruck gemacht, dass sie sich gedacht habe, dass er das nicht häufig mache, eine Frau ansprechen. Warum er ausgerechnet sie ansprach, weiß ich nicht. Ich weiß auch nicht, warum meine Mutter mitging. Sie habe ihn schon damals nicht besonders attraktiv gefunden, er habe eine Halbglatze gehabt, und habe noch älter ausgesehen, als er sowieso schon gewesen sei. Aber wahrscheinlich spürte sie, dass er sie nicht verarschen würde, und dass er ihre Chance war, endgültig von der Chohl wegzukommen.

Es ging dann schnell. Nach der Lehre zog meine Mutter in Heinz' Zweizimmerwohnung, und ein Jahr später verlobten sie sich. Ihr Vater hatte keine Freude daran, dass sie diesen *studierten* Deutschen heiraten wollte, den er immer *Herr Doktor* nannte. Dass ihr Vater und ihre Brüder Heinz nicht mochten, schien ihr aber recht zu sein. Sie war stolz, ein so anderes Leben zu führen als ihre Familie, auch wenn sein Lebensstil sie am Anfang ja selbst irritierte. Er sei tagelang auf dem Sofa gelegen und habe gelesen, und wenn sie gefragt habe, was er mache, habe er gesagt, *arbeiten*. Und obwohl er Doktor gewesen sei, hätten sie noch weniger Geld gehabt als zu Hause, was ihr der Vater natürlich nie geglaubt habe. Aber sie begriff schnell, dass dieser Mann nie von ihr verlangen würde, Hausfrau zu sein, was ihr das Wichtigste war. So fing sie an, in einer

Konditorei zu arbeiten, wo sie den ganzen Tag Kaffee und Fruchttörtchen an kleine runde Tische bringen musste. Sie sagte, dass sie das gerne gemacht habe, außer dass sie immer so *scheißfreundlich* habe sein müssen. Ich weiß nicht, ob sie da wirklich glücklich oder einfach nur froh war, endgültig von zu Hause weg zu sein. Sie, die nie sagte, wenn sie etwas störte, sagte auf jeden Fall immer, dass es sie gestört habe, dass Heinz nie habe ausgehen wollen. Sie war einundzwanzig, und anstatt auszugehen, saßen sie am Samstagabend zu Hause, lasen, und hörten Radio. Und wenn ich mir es so überlege, wäre er wohl der ideale Typ für dich gewesen, der dich in Ruhe dein Buch hätte schreiben lassen. Auf jeden Fall verliefen die ersten Jahre der Ehe ruhig, bis mein Vater seine Habilitation machte und Professor wurde. Sie waren nie in den Flitterwochen gewesen, weil sie angeblich kein Geld dafür hatten. Aber plötzlich hatten sie Geld zum Verschwenden, und so wollte meine Mutter das unbedingt nachholen. Sie war noch nie am Meer gewesen, und sie habe sich immer gewünscht, statt nur am Strand zu liegen, das Meer tatsächlich zu *erleben*. Deshalb hätte sie eigentlich eine Kreuzfahrt machen wollen, was eine etwas komische Vorstellung eines Erlebnisses ist, wenn du mich fragst. Doch da mein Vater befürchtete, seekrank zu werden, entschieden sie sich schließlich für zwei Wochen Urlaub in Cinque Terre.

Zu Beginn seien es schöne Ferien gewesen. Sie kauften sich extra dafür ein altes Auto, und während mein Vater meiner Mutter seine Lieblingskassetten abspielte, fuhren sie in einem Tag bis ans Ziel. Sie hatten sich eine Ferienwohnung gemietet, die direkt an der Bucht lag, und von deren Balkon aus man sich vorgekommen sei, als stehe man direkt auf dem Meer. Als sie das erste Mal dagestanden seien, habe meine Mutter meinem Vater gesagt, dass sie ab jetzt jedes Jahr einmal hierherfahren würden, und diese Vorstellung habe sie sehr glücklich gemacht. Was sie dann da genau machten, weiß ich nicht. Wahrscheinlich spazierten sie ein bisschen herum, tranken Wein, und genossen ein paar Tage das Leben.

Leider wurde mein Vater plötzlich krank, nichts Schlimmes, doch wusste meine Mutter, dass er eine Weile im Bett bleiben würde. Sie habe sich so auf die Ferien gefreut, und die ersten Tage seien so schön gewesen, dass sie die Vorstellung, dass es jetzt bereits wieder vorbei sein könnte, wütend gemacht habe. Sie hätte gerne zu meinem Vater geschaut, wo es doch immerhin ihre Flitterwochen gewesen seien. Doch habe sie, wenn sie schon einmal da gewesen sei, unbedingt rausgehen wollen. Darum verkündete sie meinem Vater, dass sie mal etwas für sich machen wolle. Sie wohnten im ersten der fünf Dörfer, und bisher waren sie auch immer da geblieben. Meine Mutter hätte sich aber gerne alle fünf angeschaut, weshalb sie jetzt die Chance packen wollte, einmal durch ganz Cinque Terre zu wandern. Sie sagte meinem Vater, dass sie am Morgen früh losgehen und abends wieder zurückkommen werde, und freute sich auf einen schönen Tag.

Das Wetter sei prächtig gewesen, von oben habe man das Meer glitzern sehen, und am Mittag habe sie sich in einem Kaffee ein Panini gekauft, und sei sich vorgekommen wie in einem Film. Weil sie dann aber merkte, dass es nicht reichen würde, in einem Tag über die Hügel hin und dem Meer entlang wieder zurückzuwandern, rief sie meinen Vater an, und fragte, ob sie in einem Hotel übernachten und erst am nächsten Tag zurückkehren könne. Dann wanderte sie über die Hügel bis ins letzte Dorf. Ich habe ein genaues Bild davon, wie meine Mutter da ankommt, weil sie immer sagte, dass sie sich *in der ersten Bar* auf die Terrasse gesetzt und da einen Prosecco getrunken habe. Sie sagte das immer so, als würden Erwachsene das eben tun, wenn sie alleine durch Cinque Terre wanderten. Lustigerweise ist es immer noch diese Bar, die ich vor mir sehe, wenn jemand vorschlägt, in eine Bar zu gehen. Und kurz glaube ich immer noch, dass ich zu jung dafür sei, weil ich immer noch niemals alleine durch Cinque Terre wandern würde. Was da dann genau passierte, weiß ich nicht, da meine Mutter immer behauptete, es selbst nicht genau zu wissen. Auf jeden Fall sprach sie ein Mann an, der ebenfalls Schweizer war, jedoch Französisch sprach. Ich stellte ihn mir immer schön vor, mit schönen, großen Händen und weißen Leinenhosen, obwohl ich nur weiß, dass er viel älter war als sie. Wahrscheinlich lud er meine Mutter auf zwei, drei weitere Proseccos ein, und sie, die wohl bereits nach dem ersten beschwipst gewesen war, war dann Feuer und Flamme für diesen Mann. Sie gingen zusammen Muscheln essen, das weiß ich, weil er schließlich davon kotzen musste, was meiner Mutter irgendwie Eindruck machte. Dann schlief sie, statt in einem Hotel, bei diesem Mann. Und das alleine wäre wohl gar nicht so schlimm gewesen. Die Katastrophe war erst, dass sie nicht nur bis zum nächsten, sondern bis zum übernächsten Morgen bei diesem Mann im Bett blieb, ohne sich bei meinem verschnupften Vater zu melden.

Meine Mutter sagte immer, dass sie keine Ahnung habe, wie das habe passieren können. Sie sagte, dass sie *dumm* gewesen sei, und der Mann ihr den *Kopf verdreht* habe, und man eben manchmal *Sachen* mache, die man sich nicht erklären könne. Nun ist es wohl nicht sehr erstaunlich, dass sie, die jung und betrunken war, sich mal einem anderen Mann hingeben wollte als dem ihr angetrauten. Dass sie hingegen zwei Tage und Nächte bei ihm blieb, während mein Vater Angst um sie hatte, passt überhaupt nicht zu ihr. Sie hatte meinen Vater gern, und wollte ihm sicher nicht wehtun. Damit sie so etwas machen konnte, musste der Mann etwas an sich gehabt haben, das ihr viel mehr als *einfach ein bisschen den Kopf verdrehte.* Es musste etwas sein, woran die Untreue vielleicht sogar das Unbedeutendste war. Meine Mutter sagte auch immer, dass sie sich nicht daran erinnern könne, ein schlechtes Gewissen gehabt zu haben, solange sie bei diesem Mann gewesen sei. Und dass sie nicht einmal mehr genau wisse, wie er ausgesehen habe. Und so denke ich nicht, dass sie das allein deshalb tat, weil er ihr besonders gefiel, sondern weil er ihr etwas gab, das sie sich schon immer gewünscht hatte. Und zwar nicht von einem Mann, sondern vom Leben überhaupt. Ich glaube, dass sie da etwas erlebte, von dem sie immer schon gespürt hatte, dass es das gab. Wenn es denn etwas Fremdes gewesen wäre, wäre sie am nächsten Morgen aufgewacht und gegangen, davon bin ich überzeugt. Damit sie eine weitere Nacht blieb, musste der Mann sie an einen Ort gebracht haben, der losgelöst war von ihrem Leben, und wo sie sich trotzdem fühlte wie zu Hause. Ich glaube, dass sie sich immer schon gewünscht hatte, nicht nur wegzukommen von ihrer Familie, sondern etwas zu finden, das *mehr* war als die Erlösung von der Chohl. Ein Paradies, vielleicht. Und dass sie darum immer ein schlechtes Gewissen hatte, wo es doch schon zu viel verlangt gewesen war, sich zu wünschen, dass ihre Mutter gesund werden würde. Vielleicht hatte sie es eine Zeit lang geschafft, dieses Gefühl aus Dankbarkeit, dass mein Vater sie aus der Chohl gerettet hatte, zu vergessen. Doch rief es dieser Französisch sprechende Mann wieder in ihr hervor, und zeigte ihr, dass es nicht nur ein kindischer Traum gewesen war, für den sie sich schämen sollte, sondern dass sie die ganze Zeit recht gehabt hatte, und es das Paradies tatsächlich gab.

Nach zwei Tagen und Nächten wachte meine Mutter im Bett eines nach Schweiß stinkenden Mannes auf, und bekam Panik, weil sie längst hätte zurück sein sollen. Sie ließ sich keine Sekunde länger von diesem Typ bezirzen, gab ihm die falsche Telefonnummer und ihren Mädchennamen an, und sagte, sie würde sich freuen, wenn er sich einmal melden würde. Im Gegensatz zu dem, was sie davor erlebt hatte, beschrieb sie die Zugfahrt jeweils so genau, als würde sie immer noch da sitzen und aus dem Fenster schauen, und als würde ihr immer noch jeder Baum, jeder Mensch so anders vorkommen als davor. Sie habe nicht glauben können, dass *das* die echte Welt sein solle. Sie habe gedacht, dass alle Leute im Zug nur so tun würden, als wäre das das richtige Leben, obwohl alle gewusst hätten, dass das richtige Leben ganz anders war. Sie sagte immer, dass sie sich nicht verliebt habe. Sie habe diesen Mann niemals vermisst, und sein Gesicht sofort vergessen. Was sie wohl aber nie mehr vergessen konnte, war, dass er ihr gezeigt hatte, dass ihr Gefühl echt war, und es etwas gab, das nicht nur über die Chohl, sondern über die Welt selbst hinausging.

Wirklich realisieren, was sie getan hatte, tat sie erst, als sie bei meinem Vater ankam, der ihr verschnupft und beängstigt die Tür aufmachte. Sie sagte, obwohl er erleichtert gewesen sei, habe ihn ihr Anblick erschreckt. Er hatte sie am Vortag erwartet, am Abend war er eingeschlafen, und als er erwacht war, hatte er die Polizei gerufen. Meine Mutter sagte, es sei keine Möglichkeit gewesen, ihn anzulügen, oder auch nur etwas zu verschweigen, und so erzählte sie ihm alles. Wahrscheinlich hatte mein Vater keine Freude daran, dass seine Frau ihn in den Flitterwochen betrogen hatte. Aber weil sie so durcheinander war, dass er sie kaum wiedererkannte, musste er gemerkt haben, dass es um etwas anderes ging als nur um Sex. Sie sagte, sie werde nie vergessen, wie er sie umarmt und beruhigt habe, anstatt wütend auf sie zu sein. Vielleicht ahnte er, dass das, was sie erlebt hatte, auf einer Ebene passiert war, die nichts mit ihm und seiner Welt zu tun hatte. Vielleicht dachte er auch einfach, sie spinne, und befürchtete, dass es sie zerreißen würde, wenn er ihr jetzt Vorwürfe machte.

Meine Mutter sagte jedenfalls, es habe sich angefühlt, als habe sich ein Riss durch ihr Wesen gezogen, und sie habe nicht gewusst, für welche Seite sie sich entscheiden solle. Und so entschied sich mein Vater dafür, sie nicht in Bedrängnis zu bringen, und einfach für sie da zu sein, bis sie sich beruhigt haben würde. Wenn ich an ihn denke, ist es ein Wunder, dass er so verständnisvoll reagierte, weil es für ihn wohl gar nicht möglich war zu verstehen, was sie erlebt hatte. Er war ein ganz anderer Mensch als sie, und ich glaube, dass er ihren Drang, das Paradies zu finden, nicht nachvollziehen konnte. Darum kann ich es mir nur so erklären, dass er, als er meine Mutter in den Armen hielt, spürte, dass sie Schutz brauchte vor der Welt, wie vielleicht Eltern das spüren, wenn ihr Kind geboren wird, und es noch eine Verbindung hat zu dem Ort, wo es herkommt.

Im Null war ich dann also einer von denen, die Eules kostbaren Clubboden verschwendeten, indem ich dastand, versunken in mich selbst. Irgendwann fand ich mich paralysiert auf demselben Klo wieder, auf dem der Abend mit der Dealerin begonnen hatte. Ich versuchte, eine Linie zurechtzulegen, und irgendwie musste ich mich dabei verschätzt haben, auf jeden Fall erwischte ich zu viel, denn als ich aus der Kabine kam, dachte ich, die Welt würde das Klo runtergespült. Ich versuchte rauszustolpern, und draußen im nächtlichen Garten, wo keine Musik mehr lief, und nur noch Lichter waren und Gestalten, ließ ich mich auf einer Mauer nieder. Dann hörte ich etwas neben mir. Ich öffnete die Augen, und jemand sprach eine Sprache mit mir, die ich nicht verstand. Sie redete und redete, und ich sagte, *sorry, sorry*. Jemand anderes hielt mir ein Pülverchen hin, und als ich es genommen hatte, realisierte ich, dass sie zu zweit waren, und Englisch sprachen, wenn auch mit einem starken Akzent. Sie blieben bei mir. Sie mussten gesehen haben, dass ich Hilfe brauchen könnte, gleichzeitig schienen sie nicht besorgt zu sein, sondern plapperten einfach auf mich ein. Irgendwann fragte die Frau, warum ich alleine da sei. Und weil ich immer noch nicht imstande war, mehr als zwei Sätze aneinanderzureihen, sagte ich, das sei eine lange Geschichte. »A girl?«, fragte sie. Und in jedem anderen Zustand hätte ich Nein gesagt, aber irgendwie sagte ich dann eben, *Ja*. »You have to fight!«, sagte sie, und zeigte auf ihren Kumpel, der etwas abwesend zu sein schien. »He had to fight very hard!« Jetzt seien sie seit zehn Jahren verheiratet. Darum seien sie überhaupt da, um das zu feiern. »He's my hero!« Ich sagte, dass das bei uns noch zehn Jahre dauern würde, bis es so weit sei. Dann sagte sie, ich solle mir keine Sorgen machen, ich sei *ganz okay*. »But you really have to fight!« Und das hieß ja irgendwie, dass ich, bevor ich wieder reinging, noch mal aufs Klo musste, um nachzulegen.

Etwas Ähnliches musste sich mein Vater auch gesagt haben, als er mit meiner Mutter zurück in die Schweiz fuhr. Nur dass sein Kampf dann darin bestand, das Leben möglichst so weiterzuleben wie bisher, in der Hoffnung, dass die Geschichte irgendwann einfach wieder vergessen sein würde. Am ersten Tag nach den Ferien brachte er meine Mutter in ihre Konditorei, und trank mit ihr einen Kaffee.

Doch sei ihr da alles nur noch unwirklicher vorgekommen. Sie habe die Szenerie beobachtet und geglaubt, sie sitze im Theater. So habe mein Vater den Kaffee bezahlt, und sei mit ihr nach Hause gegangen. Trotzdem blieb er überzeugt, dass ihr jeder Schritt ins gewohnte Leben guttun würde. Er kochte mit ihr, ging mit ihr spazieren, und las ihr Geschichten vor, was im Nachhinein betrachtet vielleicht rührend war, aber nützen tat das nichts. Natürlich meinte er es nur gut, und konnte es nicht besser wissen, aber ich glaube, dass er ihr nur half, wie man einer Fledermaus hilft, der man mit einer Taschenlampe den Weg beleuchtet. Die Leute erschraken bei ihrem Anblick, und rieten meinem Vater, mit ihr in die Psychiatrie zu gehen. Aber er befürchtete, dass sie das nur noch mehr entwurzeln würde, und entschied sich darum einfach dafür, einen Tag nach dem anderen zu nehmen. Ich glaube, dass er da immer noch dachte, dass das alles ein Hirngespinst war, und sie irgendwann merken würde, dass ja eigentlich alles gut war. Und vielleicht hätte sich seine Geduld tatsächlich irgendwann ausgezahlt, und der Riss, der sich durch meine Mutter gezogen hatte, hätte sich wieder verschlossen. Vielleicht hätte sie bald tatsächlich nur noch geglaubt, dass sie dumm gewesen war, und sie sich verguckt hatte, so wie ich die Blutsbruderschaft mit meinen Nachbarn heute auch nur noch als Dummheit ansehe, obwohl wir uns damals schworen, für immer Freunde zu bleiben. Aber etwas war passiert, das ihr Leben für immer verändern würde. In den Riss hatte sich etwas gepflanzt, das sich nicht einfach vergessen ließ. Am Anfang traute sie sich nicht, es meinem

Vater zu sagen, weil sie dachte, dass das ein weiteres ihrer Hirngespinste sein könnte. Aber eigentlich merkte sie schnell, dass ihr Körper und ihre Gefühle sich veränderten, und sie dabei war, Mutter zu werden.

Ich weiß nicht, was mein Vater dazu sagte, dass sie jetzt auch noch schwanger war. Aber ich stelle mir vor, dass er über so viel Pech nur noch lachen konnte. Auch wenn sie ihm sagte, dass sie glaube, dass das Kind von ihm sei, konnte er sich wahrscheinlich ausrechnen, wie gut seine Chancen standen. Trotzdem kämpfte er weiter, und blieb ihr treu. Er haute nicht ab, er suchte nicht nach diesem Mann, er ging jeden Tag an die Uni, und kam am Abend wieder nach Hause. Ich weiß nicht, ob es wirklich das war, was sich meine Mutter wünschte, oder ob sie sich nicht eher gewünscht hätte, dass er mal ausgerastet wäre. Dadurch, dass er bei jeder Welle, die sie erfasste, mitschwamm, musste ihr die Welt nur noch unwirklicher vorkommen, als sie ihr ohnehin schon erschien. Das Einzige, das ihr Halt gab, war ihr Kind. Wenn sie nicht habe schlafen können, weil sie nicht gewusst habe, was das sein soll, das Wachsein oder der Schlaf, habe sie die Hand auf ihren Bauch gelegt und gesagt, zusammen seien wir stark, zusammen schafften wir das. So versank sie immer tiefer in sich selbst, und verlor die Verbindung zu meinem Vater komplett. Ich glaube, dass das das Einzige war, das sie tun konnte, da nur sie ihren Zustand verstand. Die irdische Welt hatte sich so sehr verrückt, dass sie sie loslassen musste, um nicht zu zerreißen. Gleichzeitig wuchs etwas in ihr, das eine Verbindung zu diesem *Ort* hatte, an dem sie gewesen war. Und so blieb ihr nichts, als in diesem Zustand zu bleiben, zwischen Paradies und Erde, bis ich auf diese Welt kommen würde.

In dieser Zeit kam auch mein Vater an seine Grenzen. Er entschied sich dafür, die Vaterschaft anzuerkennen, egal, von wem das Kind sein würde. Wahrscheinlich wollte er so etwas Kontrolle über sein Leben zurückgewinnen. Vielleicht liebte er meine Mutter aber auch einfach so, dass ihm nichts anderes übrig blieb, als alles hinzunehmen, was auf ihn zukam. Jedenfalls hatte er nun wohl begriffen, dass nicht alles einfach wieder werden würde, wie es war, und so begann er, während meine Mutter wie gelähmt zu Hause lag, nach einer neuen Wohnung zu suchen. Wie er darauf kam, aus der Stadt zu ziehen, weiß ich nicht. Ich glaube aber, dass er einen Zusammenhang vermutete zwischen der Chohl und dem, was in Italien passiert war. Und dass er dachte, dass es meiner Mutter helfen könnte, wenn sie etwas an ihre Wurzeln erinnert werden würde. Gleichzeitig glaube ich, dass er Angst davor hatte, zu weit aufs Land zu ziehen. Die Chohl hatte einen ebenso unberechenbaren Einfluss auf meine Mutter wie Cinque Terre, wenn auch auf eine gegenteilige Art. Wann immer wir früher meinen Großvater besuchten, legte es in ihr einen Schalter um, wonach mein Vater nur noch Luft für sie war. Sie fing dann an, anders zu reden, sich anders zu benehmen, und irgendwie hingen ihr sogar die Haare anders ins Gesicht als zu Hause. Und wenn ich ihr sagte, sie benehme sich komisch, lachte sie auf eine wiederum komische Art, und meinte, dass ich keinen Quatsch reden solle. Sie sagte das jeweils so, als würde noch jemand anderes zuhören. Und darum würde ich gerne wissen, in welchem Zustand sie gewesen war, als mein Vater sie auf der Rolltreppe in Bern angesprochen hatte: Ob sie da normal war, oder ob er sie gerade deshalb ansprach, weil er sah, dass sie nicht von da war, und sie bald für immer verschwunden sein würde. Auf jeden Fall befürchtete er wohl, dass meine Mutter von der Chohl verschluckt würde, wenn sie zu weit aufs Land ziehen würden. Darum entschied er sich schließlich für eine Blockwohnung in der Nähe der Stadt, die viel weniger kostete, als sie sich hätten leisten können, dafür aber auf einem Hügel lag, von dem aus man das Emmental sah. Und so zogen meine Eltern ein paar Wochen vor meiner Geburt nach Lindenau, in die Wohnung, in der ich aufwuchs.

Ob das meiner Mutter half, weiß ich nicht. Sie erzählte jeweils vom Umzug, als wäre sie da selbst ein kleines Kind gewesen, das sich kaum erinnern könne, außer dass es *heiß* gewesen sei, und Bekannte von der Uni geholfen hätten, die Kisten zu schleppen. Meine Mutter hatte keinen Bezug mehr zu irdischen Dingen, egal, ob sie in der Stadt wohnte oder auf dem Land. Die einzige Verbindung, die sie hatte, war die zu ihrem Kind, und weil ich auf die *normale* Welt wollte, auf der wir Menschen eben lebten, war am Ende ich es, der sie mit meiner Geburt zurück auf den Boden holte. Als die Nabelschnur durchtrennt wurde, sah sie, dass der, der die Schere in der Hand hielt, mein Vater war. Sie sagte, er habe die ganze Zeit neben ihr gestanden, aber erst jetzt habe sie realisiert, dass das ihr Mann gewesen sei, und sie nun eine Familie sein würden.

Meine Mutter erwachte dann langsam aus ihrem Zustand, und mein Vater konnte ausatmen. Das sei dann auch der Moment gewesen, in dem er endlich mal wütend geworden sei. Sie sagte, dass sie plötzlich ein so schlechtes Gewissen gehabt habe, dass sie sich gewünscht hätte, dass er ein paar Wochen mit einer anderen Frau abgehauen wäre. Doch habe er sich schnell wieder beruhigt. Das Einzige, das er von ihr verlangt habe, sei ein Vaterschaftstest gewesen, der schließlich bestätigte, was sie eh schon immer wusste. Ich glaube, dass er das Resultat, trotz Eindeutigkeit, nie wirklich glauben konnte. Aber es stand jetzt schwarz auf weiß, dass er mein Vater war, und damit waren die Voraussetzungen erfüllt, dass sie vielleicht doch noch eine normale Familie werden würden. Dabei helfen tat, dass sie jetzt ein Baby hatten, das Essen und Liebe brauchte, egal unter welchen Umständen es entstanden war. Meine Mutter sagte immer, dass sie nach meiner Geburt erst gemerkt habe, wie *naiv* sie gewesen sei, und was für einen *Fehler* sie gemacht habe. Dass das alles aus einem Grund passiert sein konnte, dachte sie nicht. Sie schien plötzlich wieder zufrieden zu sein mit dem, was sie hatte. Wem hingegen von Anfang an etwas fehlte, war ich.

Ich weiß nicht, wie lange ich im Null noch einmal am selben Platz stand, direkt vor dem DJ. Aber irgendwann erwachte ich, und sah, dass Sonnenstrahlen durch den Nebel auf den Floor fielen. Ich wusste nicht, warum meine Mutter von einem auf den anderen Tag wieder normal gewesen war. Ich wusste nicht, warum sie nie mehr nach dem Paradies gesucht hatte. Aber ich dachte, dass sie mir den Drang vererbt hatte, aufgrund dessen sie aus der Chohl ans Meer gegangen war. Es fühlte sich an, als hätte sie mir bei der Geburt einen Impuls gegeben, der mich bis heute vorantrieb, und der vielleicht auch der Grund war, warum ich jetzt dastand. Im Club hatte ich mein Paradies gefunden! Doch hieß das, dass ich hier sein *musste?* Hieß das, dass ich keine andere Wahl hatte, als hier zu sein, und ich mein Leben lang hier würde bleiben müssen?

Draußen im Garten schien die Sonne. Die Luft war herbstlich frisch, und es spielte bereits wieder Musik. Als ich mich zu den Tanzenden gesellte, und mich ein Typ mit Raverbrille und rasierter Brust fragte, was ich denn die ganze Nacht gemacht hätte, er hätte mich vorne stehen sehen, sagte ich, ich hätte mich gefragt, warum ich hier sei. »Das würde ich auch gerne wissen!«, sagte er, und lachte. »Und warum bist du hier?« Ich sagte, dass ich da sein müsse, weil meine Mutter mir das vererbt hätte. »Dass ich tanzen muss!« – »Du Armer«, sagte er. »Ich hätte einen Waschsalon übernehmen sollen. Das wäre kein Spaß gewesen, das kann ich dir sagen. Aber wenigstens hätte ich hier nicht bis früh morgens den Clown spielen müssen.« Dann schaute er an mir runter, und sagte, dass man es mir ansehe. »Was?« – »Dass du viel Sport treiben musst.« Dann blies er sich auf die Fingernägel, und lachte. Und natürlich war das eine billige Nummer, und das sagte ich ihm dann auch. »Ach, komm, es ist ja schon spät«, sagte er dann. Und weil ich die ganze Nacht allein gewesen war, ließ ich mir ein Bier von ihm ausgeben, und borgte mir seine *Zweitsonnenbrille*. Als ich sagte, ich hätte Hunger, sagte er, er könne mir zu Hause was kochen, ich solle mir *nach der Arbeit* nur das Beste gönnen. Und es war ja nicht, dass ich oft mit Typen nach Hause ging. Eigentlich ja noch nie. Und es war auch nicht, dass ich dich sofort gegen ihn eingetauscht hätte, du kleiner Ochse. Aber dieser Quinoabrei mit Joghurt und Zwetschgenkompott, in Kombination mit einem aus allen Nähten platzenden Cappuccino und seiner lustigen Mitbewohnerin, und dass ich mich bei ihm das erste Mal im Leben fühlte, als wäre ich nicht einfach nur ein Mann, sondern ein *Mensch* eben, waren es zehnmal wert, tatsächlich Feierabend zu machen, und das hier erst heute aufzuschreiben.

Suchst du deinen Vater?

Als ich mich von ihm verabschiedete, fragte er, ob das auch so etwas sei, das ich wegen meiner Mutter hätte tun müssen. »Ich glaube nicht«, sagte ich. »Aber danke ...« – »Du musst dich nicht bedanken.« – »Dass du mich wieder auf diese Gedanken bringst, meine ich.« Dann fragte ich, ob er tatsächlich einen Waschsalon hätte übernehmen sollen. »Natürlich, ich lüg dich doch nicht an! *Waschfix* an der Lederauer Straße!« – »Und warum hast du es nicht gemacht?« – »Na ja, keinen Bock halt.«

In der U-Bahn nach Hause dachte ich, dass meine Mutter mir bei der Geburt eine Fackel übergeben hatte. Sie hatte sie mir in die Hand gedrückt, wie die Griechen das olympische Feuer weitergegeben hatten, mit der Botschaft, ich solle raus in die weite Welt. Und so dachte ich, dass es kein Wunder war, dass die Geister kamen, um mir in den Hintern zu treten. *Es war ja sonst niemand da!* Wenn jemand anderes als meine Mutter selbst da gewesen wäre, und mir gezeigt hätte, was ich mit diesem Feuer anstellen sollte, wenn mir jemand gesagt hätte, wie ich es von ihr wegtragen konnte, hätte es die Geister nicht gebraucht. Stattdessen war ich einfach da liegen geblieben, wo ich geboren worden war.

Ich erinnere mich an das Gefühl, als lebte ich in einem Sumpf. Zwar konnte ich von meinem Platz aus sehen, was es rundherum alles gab. Aber ich hatte keine Möglichkeit, mich tatsächlich dahin zu bewegen und die Dinge anzufassen. Das Einzige in Reichweite war meine Mutter. Und darum erstaunt es mich nicht, dass ich ein so anhängliches Kind war. Meine Mutter versuchte zwar eine Weile, mich zu einer Tagesmutter zu bringen, die auf mich aufpassen würde, während sie halbtags im Drittweltladen im Dorf arbeitete. Aber wenn sie mich aus den Händen gab, bekam ich jeweils eine solche Panik, dass sie schnell merkte, dass das etwas anderes war als kindisches Quengeln. Und so nahm sie mich immer in den Laden mit.

Solange ich ein Baby war, war das auch kein Problem. Doch je älter ich wurde, desto langweiliger wurde es für mich, die Stunden abzusitzen. Wenn sie am Morgen sagte, dass wir vorwärtsmachen müssten, weil *wir* heute arbeiten würden, sagte ich jeweils zu mir selbst, dass das ein *schwieriger Tag* würde. Ich weiß nicht, woher ich das hatte, aber wenn ich dabei war, die Spielsachen einzupacken, sagte ich mir: *Heute wird ein schwieriger Tag.* Ich überlegte mir immer genau, welche Spielsachen ich mitnehmen wollte, und zwar nicht, weil ich tatsächlich mit ihnen spielte, sondern weil sie mir ein gutes Gefühl geben mussten. Ich weiß noch, wie ich jeweils vor dem Schrank stand, und zu erspüren versuchte, was mir heute helfen könnte. Fast immer waren Brettspiele dabei, mit deren Schachteln ich neben der Kasse eine Mauer baute, die mich vor den Kunden schützte. Die Kunden hatten immer Mitleid mit mir, was mir erst recht vor Augen führte, wie schlimm es war, stundenlang dazusitzen. Gleichzeitig fanden sie es süß, weil das, was ein Kind in dieser Situation fühlt, ja nicht *wirklich* schlimm ist, im Gegensatz zu den schlimmen Sorgen der Erwachsenen.

Rund um die Mauer stellte ich die Spielsachen auf, den Holzzug oder einen aufziehbaren Frosch, und dahinter versteckte ich jeweils ein Geheimnis, eine Muschel oder einen Stein, von dem niemand wissen durfte, dass es da lag. Wenn die Holzuhr an der Wand nach oben oder nach unten zeigte, durfte ich das Geheimnis *einmal* anschauen. Dann schaute ich die Muschel oder den Stein an, und dachte daran, wie es gewesen war, als ich ihn das letzte und vorletzte Mal hatte anschauen dürfen, und wie froh ich war, nicht mehr da, sondern hier zu sein, drei oder vier oder fünf halbe Stunden später als damals. Das Spiel spielte ich jeweils so lange, bis meine Mutter sagte, dass ich mir drei Zuckerwürmer holen dürfe, die in einer Plastikkiste auf einem der Holzregale lagen. Sie hatten einen komischen Geschmack, weil sie ohne Gelatine gemacht worden waren, trotzdem schmeckten sie besser als alles andere, weil sie bedeuteten, dass ich es geschafft hatte, und wir nach Hause gehen konnten. Das ging so drei- bis viermal pro Woche, bis ich in den Kindergarten kam, der mich endlich von diesem Ort erlöste.

Ich liebte den Kindergarten. Ich liebte das Haus, in dem ich mit anderen spielen konnte, anstatt jede halbe Stunde auf die Uhr schauen zu müssen. Ich liebte es, bei schönem Wetter draußen zu spielen, und auf Bäume zu klettern. Und am meisten liebte ich Frau Mantha mit ihren schwarzen Haaren. Und weil es mir plötzlich so gut ging, hatte ich die Zeit im Laden bald vergessen, und meine Mutter war froh, dass die Krise endlich überstanden zu sein schien. Doch war der Kindergarten nach einem Jahr vorbei, und ich musste in die Schule.

Die Schule war dann wieder ein stiller Ort, an dem eine Uhr hing, und ich dasitzen und warten musste, bis ich endlich gehen durfte. Ich erinnere mich, dass ich nicht begriff, wie meine Freundinnen und Freunde, mit denen ich gerade noch Spaß gehabt hatte, plötzlich so taten, als hätten sie längst gewusst, was auf uns zukommen würde. Der Kindergarten war eine Verarschung gewesen. Jetzt hockten alle an ihren Pulten, übten hundertmal den gleichen Buchstaben, und prahlten damit, Buchstaben zu kennen, die wir noch gar nicht gehabt hatten. Ich hatte keine Ahnung, warum wir jetzt jeden Tag dasitzen mussten, und es verwirrte mich, dass ich womöglich der Einzige war, der sich das fragte. Ich weiß noch genau, wie es da roch, im Schulzimmer und im Flur, und wenn ich an diese Zeit zurückdenke, war ich da so verloren, wie man nur verloren sein kann. Ich war vom Sumpf im Laden in den nächsten gekippt worden, und der einzige Unterschied bestand darin, dass meine Mutter nicht mehr da und ich also ganz alleine war. Ich hatte keine Möglichkeit, etwas an meiner Situation zu ändern, niemand schien die Schule infrage zu stellen, nicht einmal meine Mutter. Und so erinnere ich mich an die ersten Wochen, als wäre ich gelähmt gewesen, ohnmächtig, bis ich eines Tages im Büro meines Vaters erwachte, nachdem ich es fast geschafft hätte, für immer die Luft anzuhalten. Von da an kamen die Geister, wann immer mir der Sumpf bis zum Hals stand, und machten mir die Schule so erst recht zur Qual.

Meist merkte ich bereits am Morgen, wenn es ein solcher Tag war. Schon im Bett hörte ich das Radio aus der Küche, und das Bellen der Morgenmoderation tat mir in der Brust weh. Wenn ich aufstand, und durch mein Zimmer ging, war alles in dickflüssiges, braunes Licht getunkt, mir war schlecht, und mein Bauch fühlte sich an, als hätte ich tagelang nichts gegessen. Der Esstisch im Wohnzimmer schien doppelt oder dreimal so groß als normal, und mein Stuhl war hart und kalt. Meine Mutter wusste, was es zu bedeuten hatte, wenn ich mit krummem Rücken dasaß. Sie sagte dann, dass ich stark sei, viel stärker als *sie,* und ich mich nur überwinden und meine Freunde treffen müsse, und die Geister dann verschwinden würden. Auch wenn ich mir wünschte, dass sie gesagt hätte, dass ich zu Hause bleiben könne, was sie an den schlimmsten Tagen auch tat, versuchte ich zu machen, was sie sagte, und zog mir die Schuhe und die Jacke an. Wir umarmten uns, sie gab mir einen Kuss, wir schauten uns in die Augen, und drückten uns die Hand, und wiederholten das so lange, bis der Moment kam, in dem ich mich lösen konnte. Wenn genau da etwas nicht stimmte, wenn wir uns nicht richtig in die Augen schauten, sich unsere Hände falsch fassten, fiel ich zurück in ihre Arme, und die Geister hatten gewonnen. Meine Mutter wusste, dass an einem solchen Tag nichts zu machen war, und meldete mich jeweils von der Schule ab. In den Laden nahm sie mich aber nicht mehr mit. Sie hatte begonnen, ganztags zu arbeiten, und wahrscheinlich hatte sie sich gesagt, wenn ich schon nicht zur Schule ginge, würde ich lernen müssen, allein klarzukommen. Sie wollte mir keine Anreize geben, noch häufiger die Schule zu schwänzen, weshalb sie mir ebenfalls verbot, fernzusehen. So lag ich den ganzen Tag auf dem Sofa, und weil ich Bücher nicht mochte, hörte ich dann, statt im Laden jede halbe Stunde die geheime Muschel anzuschauen, zu jeder vollen Stunde die Nachrichten.

Wenn ich es *doch* geschafft hatte, mich zu verabschieden, schaute meine Mutter aus dem Fenster, und winkte mir zu, und ich drehte mich alle paar Schritte zu ihr um, bis zu einer riesigen Tanne, die mir endgültig die Sicht zu ihr verdeckte. Wenn ich es schaffte, weiterzugehen, war ich nicht etwa stolz, stärker gewesen zu sein als die Geister. Ich war mir sicher, dass es ein Fehler gewesen war, den ich noch bereuen würde. Natürlich kam es vor, dass ich dann in die Schule kam, meine Freundinnen und Freunde traf, und den Tag gut überstand. Doch war die Angst, in der Schule kotzen zu müssen, meist so groß, dass ich mich gar nicht erst auf sie einlassen konnte. Dann saß ich an meinem Platz, faltete die Hände, und sagte, *bitte, Gott, mach, dass alles gut geht,* und das Einzige, das half, war die Vorstellung, in der nächsten Pause abzuhauen. Meist reichte die Idee, dass ich mich beruhigen und dann doch in der Schule bleiben konnte. Doch manchmal rannte ich in der Pause zum Parkplatz, wo sie Fußball spielten, und rief, *hier, hier, gebt mir den Ball!*, und lief rückwärts zwischen die Autos, bis ich, wenn es klingelte, unter einen Wagen kriechen und nach Hause laufen konnte. Doch auch wenn meine Mutter mir in diesen Momenten half wie niemand anderes, nützte sie mir am Ende nichts. Auch wenn sie mich vor den Geistern beschützen konnte, konnte sie sie nicht vertreiben. Ich ahnte darum immer, dass ich etwas anderes brauchte als *noch* mehr Nähe zu ihr, und so fühlte sich das Laufen in ihre Arme immer an wie eine Niederlage, ein Schritt zurück, dahin, wo alles angefangen hatte, während ich doch eigentlich *weiterkommen* wollte.

Und irgendwie hatte sich auch der Typ im Garten des Null so angefühlt wie eine Mutter, die auf mich wartete. Irgendwie war auch er einfach da gewesen. Und auch wenn er wohl etwas anderes im Sinn gehabt hatte, als mir Wärme zu geben, war seine Nähe doch irgendwie *bedingungslos.* Und das war ja im Grunde, was Eule immer für mich gewesen war, ein bedingungsloser Freund. Als ich eben auf dem Balkon stand, und eine Zigarette rauchte, dachte ich, dass es ja nichts Schöneres gab als diese Mütterlichkeit. Und auch wenn ich immer gedacht hatte, dass Eule mir ein guter Vater gewesen war, weil er mich überallhin mitgenommen hatte, war er mir doch mindestens so sehr eine gute Mutter gewesen. *Kein Wunder, dass ich ihn so vermisste.* Und so bedankte ich mich dann doch noch bei dem Waschsalontypen, der im Garten auf mich gewartet hatte, als ich aus der Höhle gekrochen kam wie ein Kriechtier.

Leider brachte mich das als Kind nicht weiter. Die, die mich behütete, konnte nicht gleichzeitig die sein, die mich ins kalte Wasser warf. Und weil auch meine Mutter merkte, dass sie mir nicht helfen konnte, schickte sie mich zu immer neuen Leuten, die mich zu therapieren versuchten. Schließlich machte ich eine Bioresonanztherapie, bei der ich monatelang auf Milchprodukte und Wurstwaren verzichten musste, ich besuchte eine Hypnotiseurin, die mir Meeresrauschen abspielte und Klangschalen auf die Brust legte, ich machte eine Bachblütentherapie, ich musste eine Ultraschalluntersuchung meiner Blase und eine Magenspiegelung machen lassen, bei der der Arzt vor allem davon fasziniert war, wie *komatös* ich bei dieser *winzigen* Dosis *Dormicum* geschlafen hätte, ich ging zu einer Schulpsychologin, die veranlasste, dass ich mit Kindern in Deutsch gefördert wurde, die in die Schweiz geflüchtet waren, ich ging zu einer Kinderpsychologin, die mich zeichnen und mich mit Bauelementen Landschaften erstellen ließ, zu denen sie nie ein Wort sagte, und jahrelang ging ich zu einem Homöopathen, der meiner Mutter eines Tages eröffnete, dass es doch *schön* sei, wenn auch einmal *ein Mann* ein Geheimnis für sich behalten könne. Ich versicherte meiner Mutter immer, dass das alles nichts nützte, und im Grunde lag ich mit meinem Gefühl richtig. Auch wenn ich es nicht aussprechen konnte, ahnte ich, was mein Problem war. Nur schaffte es niemand, mir diese Ahnung zu entlocken. Wenn die Lehrerin sagte, dass ich doch einfach *sagen* solle, was das Problem sei, dachte ich immer, dass ich es wirklich wissen würde. Doch war es, als stünde die Lösung direkt auf meinen Augen, dass es für mich unmöglich war, etwas zu erkennen.

Einmal jedoch sah ich klar. Ich war etwa zehn Jahre alt und so verzweifelt, dass mir alles egal war, wenn sich nur endlich etwas ändern würde. Die Verabschiedung von meiner Mutter war wieder einmal der Horror gewesen, aber irgendwie hatte ich es geschafft, mich auf den Schulweg zu machen, gerade *weil* das Fass übergelaufen war. Und da sagte ich mir nun, dass es reichte. Ich erinnere mich noch genau an den Ort, die kleine Treppe am Ende der Siedlung, bei der ich mir sagte: *Jetzt ist es genug*. Das war etwas, das die Erwachsenen immer sagten, dass es jetzt genug sei mit meinen Geistern, was immer so klang, als würde ich sie freiwillig zu mir einladen. Aber jetzt hatte ich wirklich genug. Es war, als ob die Lösung schon lange in mir geschlummert hätte, sie aber zu absurd gewesen war, um auch nur daran zu denken. Doch plötzlich, auf der obersten Stufe der dreistufigen Treppe, dachte ich, dass ich, statt zu meiner Mutter, zu meinem Vater gehen musste. Ich wusste nicht, wie er mir genau helfen sollte. Aber ich dachte, dass er meine Rettung war.

Ich lief, anstatt zur Schule, zum Bahnhof, um nach Bern an die Uni zu fahren. Und wenn mich die anderen Kinder fragten, was ich machte, ignorierte ich sie, weil ich an diesem Tag zu Größerem bestimmt war, als mich mit diesem *Gesindel* abzugeben. Allein, dass ich nicht zur Schule schlurfte, sondern zum Bahnhof lief, dass keine Lehrerin, sondern ich bestimmte, was ich tat, gab mir ein Gefühl, das ich noch nie gehabt hatte. Ich sah mich selbst rennen, und dachte, dass ich mich noch lange an diesen Moment erinnern würde, weil *von da an alles gut geworden* wäre. Ich weiß noch, wie ich am Schalter ein Billet löste, und wie stolz ich war, dass mich der Mann da genauso behandelte wie alle anderen. Als der Zug abfuhr, und ich durch die Glastür den Bahnhof verschwinden sah, dachte ich, dass ich das ab jetzt immer so machen würde, jede Woche, oder wenn es sein musste, jeden Tag.

Dann stand ich am Bahnhof Bern, und wusste nicht, wo ich hinmusste. Natürlich hatte ich meinen Vater einige Male besucht, darum wusste ich auch, dass die Uni direkt am Bahnhof lag. Aber ich wusste nicht, in welche Richtung ich gehen musste. Immer wieder kam ich an den gleichen Orten vorbei, doch der Lift, mit dem man rauf zur Uni fahren konnte, war nicht da. Ich weiß nicht, was ich getan hätte, wenn nicht irgendwann eine Frau neben mir gestanden und gefragt hätte, ob ich meinen Vater suchte. Ich kannte sie, sie arbeitete ebenfalls an der Uni. Ich sagte ihr, dass ich mit meinem Vater abgemacht hätte, zusammen ins Kino zu gehen. Wahrscheinlich wusste sie, dass er keine Zeit hatte, und nicht der Typ war, der ins Kino ging, weshalb sie mich ungläubig musterte. Doch als ich sagte, dass wir uns *einen Film über Schafe* anschauen würden, nahm sie mich mit.

Er war überrascht, dass sein *Sohnemann* plötzlich dastand, und behauptete, mit ihm ins Kino gehen zu wollen. Aber er versuchte, das *Missverständnis* mit Humor zu nehmen, bis die Frau uns endlich allein ließ. Dann wollte er sofort wissen, wie ich auf die Idee gekommen sei, hier aufzukreuzen, und ob ich nicht in der Schule sein müsse, und wo eigentlich *meine Mutter* sei. Als ich sagte, dass ich gekommen sei, um ihn zu besuchen, brach ihm der Schweiß aus. Er wusste über die Geister Bescheid, doch hatte er meiner Mutter immer nur gesagt, dass ich *doch einfach in die Schule solle, und fertig.* Aber jetzt war ich zu ihm gekommen. Und er fragte immer wieder, was ich mir denn dabei gedacht hätte. Doch war ich ja überhaupt erst gekommen, weil ich nicht wusste, was tun. So stand ich da wie ein Pinguin, und konnte keine seiner Fragen beantworten, außer dass ich *Nein* sagte, als er vorschlug, mich zurück in die Schule zu bringen.

Als er eingesehen hatte, dass er mich nicht einfach wieder loswerden würde, schlug er vor, etwas trinken zu gehen. In der Kantine tat er dann so, als sei es normal, dass Kinder einen eben manchmal besuchten, auch wenn er der Einzige war, der das nicht normal fand. Während er dann mit meiner Mutter telefonierte, und sofort mit ihr zu streiten anfing, kaufte mir die Frau vom Bahnhof ein Erdbeereis, und verriet mir, dass sie als Kind auch nicht gerne in die Schule gegangen sei. Dann saßen wir da bis zum Mittagessen, das ich nicht anrührte, weil mir schlecht war. Er fragte zum hundertsten Mal, was ich mir eigentlich vorgestellt hätte, und zwar so, als würde er nicht mich, sondern meine Mutter fragen, was er denn bitte tun solle, wenn nicht einmal ein *Essen* in der Kantine reiche. Und auch wenn ich gekommen war, um mir von ihm helfen zu lassen, merkte ich, dass *ich* es war, der einen Vorschlag machen musste. Also sagte ich, dass ich mit ihm *arbeiten* wolle. Er erklärte mir dann, warum das nicht ging, weil ich Drittklässler und er Germanistikprofessor war, bis er merkte, dass eigentlich nichts dagegen sprach, mich einmal in eine Vorlesung mitzunehmen. Ich weiß noch, wie erleichtert und überrascht er war, als er sah, dass ich Augen machte, als hätte er mir vorgeschlagen, in den Europapark zu fahren. Ich hatte keine Ahnung, was das war, eine Vorlesung, aber Hauptsache, ich konnte bei ihm bleiben.

Es fühlte sich ganz anders an, mit ihm durch die Gänge zu laufen, als mit der Frau davor. Ich war nicht mehr ein verlorener Knirps, der seinen Vater suchte, sondern *Teil des Personals,* befugt, überall hinzugehen, wohin ich wollte. Schließlich kamen wir in einen großen Saal mit grellem Licht, wo wir eine lange Treppe hinuntersteigen mussten. Es saßen bereits ein paar Leute in den Bänken, und ein bisschen war es dann wirklich wie im Kino. Mein Vater sagte, ich solle mich in die erste Reihe setzen, gleich neben die Treppe. Und weil ich zu dumm war, Platz zu machen, mussten die anderen dann über mich drüberklettern, was alle lustig fanden, weil der kleine Student da ihnen den Weg versperrte. Als mein Vater mit der Vorlesung begann, sagte er, dass sie einen *Ehrengast* begrüßen dürften, und er die Leute darum bitten würde, ihn zur Abwechslung mal nicht zu blamieren. Sie lachten, und schauten mich an, und ich war stolz, der Sohn meines Vaters zu sein, den ich noch nie vor so vielen Leuten reden gesehen hatte. Es kam mir vor, als würde ich ihn zum ersten Mal *von vorne* sehen. Er machte große, liebenswürdige Augen, redete mit lauter Stimme, und alle schrieben auf, was er sagte. Und weil alle dachten, dass ich mich langweilte, obwohl ich am liebsten jetzt *jeden Tag* hergekommen wäre, fragte der Typ neben mir, wie ich hieße, und in welche Klasse ich ginge, dann tippte mich eine Frau an, und gab mir einen Schwan, den sie selbst gefaltet hatte. Den legte ich vorne aufs Pult, und dachte, dass ich ihn in die Schule mitnehmen würde, damit ich allen erzählen konnte, wo ich gewesen war. In der Pause stellten sich immer mehr Leute vor, und ich hörte die, die mir den Schwan geschenkt hatte, zu einer Kollegin sagen, sie solle sich vorstellen, *wenn der mal zwanzig sei,* und ich tat so, als würde ich sie nicht verstehen, weil ich ja nicht zwanzig, sondern zehn war. Nach der Vorlesung machten wir Professoren uns auf den Weg nach Hause. Da schnappte ich auf, wie jemand sagte, dass das doch nicht wahr sein dürfe, dass *bei diesen Preisen* schon wieder kein Platz frei sei, was ich meinen Schulkameraden dann zu erklären versuchte: dass das doch nicht sein durfte, dass man *bei diesen Preisen* im Zug stehen musste! Aber sie verstanden nicht, was ich meinte, sie gingen noch in die Schule, und hatten noch viel vor sich, bis sie im Arbeitsalltag angekommen sein würden.

Meine Mutter begriff, im Gegensatz zu meinem Vater, sofort, was dieser Nachmittag für mich bedeutet hatte. Es hatte zwar nicht nur mich, sondern auch ihn gefreut, dass mir die Vorlesung gefallen hatte. Doch war der Tag für ihn vor allem deshalb gut gewesen, weil er irgendwann überstanden gewesen war. Ich glaube, dass er immer noch nicht wusste, was mir fehlte, und dass er dachte, dass ich halt eben ein komisches Kind war, das komische Sachen machte, die nur meine Mutter verstand, weil auch sie komische Sachen gemacht hatte in ihrem Leben. Darum wird sie es gewesen sein, die ihm schließlich sagte, dass er mehr Zeit mit mir verbringen solle. Am Abend eröffnete er mir jedenfalls, dass ich an den freien Nachmittagen jeweils zu ihm an die Uni kommen dürfe. Und ich weiß noch, dass ich zum ersten Mal verstand, dass man so etwas wie Freudentränen haben konnte. Mein Ausbruch hatte sich gelohnt! Ich musste keine neue Bachblütenformel herausfinden, ich musste mir nicht zu Klangschalenmusik vorstellen, auf dem Meer auf einer Luftmatratze zu liegen und mich Richtung Horizont treiben zu lassen. Ich durfte jetzt zweimal pro Woche an die Uni zu meinem Paps.

Da lernte ich immer neue Leute kennen, mit denen ich vor der Stunde herumalbern konnte. Das Beste war ein immer komplizierter werdender Handschlag, den ich mit einer Studentin entwickelte, bei dem uns jeweils der ganze Saal zusah. Die Vorlesungen selbst waren aber schnell langweilig. Ich fand es zwar nach wie vor gut, dazusitzen, doch blieb das, was mein Vater sagte, für mich unverständlich. Auch wenn ich ihm sagte, dass ich gerne in die Vorlesungen kam, hieß das nicht, dass ich nicht auch gerne etwas anderes mit ihm gemacht hätte. Ich hätte mir gewünscht, dass er mit mir nach *draußen* gegangen wäre, um etwas mit mir zu unternehmen. Doch war er zu Hause nach wie vor kaum je da, und so war ich, wenn ich nicht gerade an die Uni ging, weiter auf die Geister angewiesen, um irgendwie vom Fleck zu kommen.

Ich ging noch so lange zu ihm in die Vorlesungen, bis ich in ein Alter kam, wo es langsam peinlich wurde, seinen Vater zu besuchen. Die Geister waren bis dahin schwächer geworden, weil ich immerhin die Welt aus *Warcraft* erkunden konnte, und so dachte ich am Gymnasium auch fast gar nicht mehr an sie. Erst als ich schließlich als wirklicher Student an die Uni kam, tauchten sie wieder auf. Erst als ich sah, dass das nun mein *richtiges* Leben sein würde, scheuchten sie mich nach Berlin. Als Eule mich in die Bucht einlud, und ich dastand und tanzte, und die Lichter blitzten, und der Bass wummerte, fühlte ich mich, wie sich wahrscheinlich meine Mutter in Cinque Terre gefühlt hatte. Ich war im Paradies. Eule zeigte mir die Stadt, stellte mich unzähligen Leuten vor, und nahm jede Nacht als ein Abenteuer, das uns an einen schönen Ort bringen würde. Ich wusste, dass mir nichts passieren konnte, solange ich nur hierbliebe. Und so ging ich auch dann nicht zurück, als meine Mutter anrief, und sagte, dass mein Vater gestorben war.

Doch seit ich dich zum ersten Mal gesehen habe, habe ich genau diesen Wunsch, Mira! Als ich dich in der Perle sah, wollte ich zu dir, weil du etwas an dir hattest, das ich schon lange vermisse. Und weil ich sah, dass du ein schöner Mensch bist. Ich vermisse diese stille Welt, aus der du kommst, wie du wohl die laute Welt vermisstest, als du von zu Hause weggingst. Und ich vermisse dich, das musst du mir glauben. Und genauso, wie mir jetzt klar ist, dass ich da bin, weil mir hier alles zu Füßen liegt, glaube ich, dass es möglich sein müsste, diese Lebendigkeit auch sonstwo zu finden, an einem *stilleren* Ort. Es kann doch nicht sein, dass ich für immer hierbleiben muss, und die Perle und den Techno zum Leben brauche. Meine Mutter war ja auch nie mehr am Meer! Sie suchte ja auch nie mehr nach dem

Paradies. Und darum dachte ich immer, dass der Tod meines Vaters das Beste war, was ihr hatte passieren können. Ich dachte, dass sie ihrem *Drang* aus schlechtem Gewissen nie mehr nachgegangen war, und sie jetzt endlich wieder suchen konnte, was sie in Cinque Terre gefunden hatte. Doch führt sie immer noch das gleiche Leben wie davor. Sie lebt immer noch in der Wohnung, in die wir zogen, als sie mit mir schwanger war, und sie machte mir nie den Eindruck, unglücklich zu sein. Irgendwie schafft sie es seit dreißig Jahren, da zu leben, ohne von Geistern heimgesucht zu werden. Irgendwie schafft sie es, mit meinem toten Vater zusammenzuleben, und zufrieden zu sein mit dem, was sie hat. Und wenn sie da in Frieden leben kann, von der ich diesen Drang ja überhaupt habe, muss es für mich doch auch möglich sein, dahin zurückzugehen, wo ich herkomme.

I want to fly away

Ich weiß nicht, ob ich jemals so lange wach gewesen war wie die letzten Tage. Aber nachdem ich bei diesem Kollegen gefrühstückt und die ganze nächste Nacht abwechselnd geschrieben, nachgelegt und geheult hatte, fiel ich ins Bett, und wachte sehr lange nicht mehr auf. Ich wusste, dass ich in die Schweiz gehen wollte, sobald ich aufwachte. Ich wollte hinter mich bringen, was ich hinter mich bringen musste. Vor allem wollte ich mit meiner Mutter reden.

Zuerst dachte ich, ich würde Dave fragen, ob ich mir sein Auto leihen könne, um in die Schweiz zu fahren. Aber irgendwie hatte ich keinen Bock, mit ihm über meinen Plan zu reden, weil er mich eh nicht verstehen würde. Also nahm ich den Nachtzug. Ich hatte schon lange nicht mehr mit Fremden geredet. Ich war meist alleine gewesen, und wenn ich mal mit Leuten zu tun hatte, waren es solche, die ein ähnliches Leben führten wie ich. Darum merkte ich erst, als ich das Abteil betrat, was ich mir damit eingebrockt hatte, einen Schlafwagen zu buchen. Es saßen drei Frauen da, eine, die mit Leuchtstift in einem Buch las, eine ältere Osteuropäerin und eine ältere Deutsche, neben die ich mich ans Fenster setzen konnte. Gleich nach mir kam eine große, kurzhaarige Frau dazu. Sie schob einen riesigen Koffer ins Abteil, worauf die Osteuropäerin immer wieder sagte, das sei nicht normal. »Was ist nicht normal?« Der sei zu groß, sagte die Osteuropäerin. »Er muss da hinter die Leiter«, sagte die Kurzhaarige. Die Junge schaute auf, dann las sie weiter in ihrem Buch. Ich saß nur da, und aus irgendwelchen Gründen schien es mir unangebracht zu helfen. Da ich aber zu verstehen glaubte, was die Kurzhaarige meinte, hob ich die Leiter, zog den Koffer durch das Abteil, und stellte ihn dahinter. Weiter ging es dann damit, dass sich die Kurzhaarige bei mir bedankte, und zwar so, als wolle sie sagen, dass sie es ja gesagt habe, dass der Koffer hinter die Leiter müsse. Dann fragte sie uns, ob wir noch lange vorhätten, dazusitzen, sie wolle schlafen, sie komme um fünf Uhr an. Die ältere Deutsche schien erleichtert zu sein, und sagte, dass sie sich dasselbe auch gefragt habe, worauf die Kurzhaarige und ich die mittleren Betten runterklappten, während die anderen im Gang warteten. Und wahrscheinlich war es nicht ungewöhnlich, dass man so etwas erlebte, wenn man verreiste, doch als ich anfing, mein Bett zu machen, sagte die Osteuropäerin, dass ich bitte *draußen* warten solle. Ich fragte mich, was denn jetzt schon wieder los war, dann sagte sie noch mal, dass ich draußen warten solle, sie würde das für mich machen. Und zuerst dachte ich natürlich, dass ich das nicht zulassen durfte, dass mir diese Frau jetzt das Bett machte. Aber irgendwie bestand sie darauf, und als ich dann im Gang wartete, und sah, wie sie mein Laken flach strich und das Kissen ausklopfte, war ich so gerührt, dass ich hätte heulen können.

In Lindenau fiel mir als Erstes auf, dass der Kiosk weg war. Er war für mich immer das Herz des Dorfes gewesen, weil er immer offen hatte. Jetzt war er durch einen Snackautomaten ersetzt worden. Ich spazierte über die Bahnhofsstraße, und kam mir vor, als würde ich etwas Verbotenes tun, weil man um diese Zeit doch eigentlich arbeiten oder *in der Schule* sein musste. Auch beim Schulhaus war es still. Darum hatte ich da erst recht das Gefühl, dass ich nicht hier sein sollte, wo doch offensichtlich gerade keine Pause war. Ich stieg über eine flache Treppe zum Pausenplatz hinauf, wo ein metallenes Klettergerüst stand. Die Schulzimmer, die man von außen sah, waren leer und dunkel, und an den Fenstern klebten weder Zeichnungen noch Scherenschnitte. Ich sah die Eingangstreppe, an der eine kleine Mauer entlangführte, auf der man runterrutschen konnte, bis man an eine Säule stieß. Wenn ich da morgens ankam, saß jeweils ein Kind eingequetscht an der Säule, und fünf andere drückten von oben, bis es unten rausgepresst wurde. Ich versuchte, die Tür zu öffnen, doch die Schule war zu. Wahrscheinlich waren immer noch Sommerferien. Ich fragte mich, warum mir das als Kind nie passiert war. Ich dachte, dass *das* doch das Schlimmste gewesen war: dass die Schule immer geöffnet hatte, und darum mein *ganzes Leben* ausmachte. Wenn ich damals gewusst hätte, dass ich eines Tages dastehen, und die Schule geschlossen sein würde, wäre meine Sicht auf die Welt eine andere gewesen.

Ich ging weiter über die Hauptstraße das Dorf hinauf, über die unendlich lange Kurve, die auf einem Hügel verschwand. Ich ging *meinen* Schulweg, wo die Autos an einem vorbeirauschten, und das einzige Haus, an dem man vorbeikam, mit Efeu überwachsen war. Wenn ich mit anderen Kindern unterwegs war, gingen wir immer durch die Quartiere, wo Häuser mit Solardächern und japanischen Gärten standen, mit Skulpturen und Gartenzwergen, wo die Kinder mit ihren Vätern Seifenkisten bauten oder Basketball spielten, wo ein Teich mit Fröschen lag und eine Wiese mit Schafen, und wo das Wetter, wenn ich zurückdenke, immer gut war. Auf meinem Weg begleiteten mich hingegen die Geister, die auch der Grund waren, warum ich diesen Weg überhaupt nahm. Es fühlte sich falsch an, mich von ihnen abzulenken, und den *schönen Weg* zu nehmen, weil ich spürte, dass zu meinem Weg die Geister gehörten.

Als ich zu unserer Siedlung kam, fühlte es sich an, als würde ich einen Raum betreten. Ich ging an den Hauseingängen der Nachbarn vorbei, und starrte auf die Steinplatten, damit mich niemand sah, der aus dem Fenster schaute. Das Muster war mir so vertraut, dass ich mir einbildete, mich daran zu erinnern, wie ich es das letzte Mal angeschaut hatte. Und plötzlich hockte da unser Block wie ein Käfer. Er war so verschmolzen mit der Umwelt wie ein Wohnwagen, der da abgestellt und nie wieder versetzt worden war. Es schien, als hätten mein Zimmerfenster, die Fassade und die Vordachmauer noch immer etwas von mir. Dasselbe dachte ich vom *großen Stein,* der neben dem Eingang lag, und nur noch so groß war wie mein Schuh. Ich betrat das Treppenhaus, und ging hoch zur Tür der Bergs, wo das Logo von *Bergs Klavierschule* klebte.

Die Bergs waren meine besten Freunde gewesen. Das Mädchen war in meinem Alter, ein Bruder viel jünger, und die Zwillingsbrüder viel älter als ich. Wenn ich da klingelte, war manchmal nur die Mutter oder der kleine Marc zu Hause, doch ließen sie mich immer rein, weil es meist nicht lange dauerte, bis die Zwillinge nach Hause kamen. Ralph und Simon waren meine besten Kumpels, auch wenn sie schon ausgeschult wurden, als ich noch ein Knirps war und ihnen nur bis zur Brust kam. Sie teilten sich ein Zimmer, und stritten sich die ganze Zeit, und verprügelten sich manchmal so, dass es bebte, wenn sie einander auf den Boden hievten. Dass sie schon junge Männer waren und ich noch ein Kind, war ihnen egal. Sie nahmen mich überallhin mit, und wenn einer ihrer Leute etwas dagegen hatte, verteidigten sie mich wie einen kleinen Bruder. Sie wussten immer, was tun, und wenn ich für das Unternehmen zu klein war, ließen sie sich etwas einfallen, damit ich trotzdem mitmachen konnte. Sie trieben mir Rollschuhe auf, gingen mit mir zur Skateanlage, und sagten den kiffenden Skatern, dass sie mich auch mal auf die Rail lassen sollten. Sie luden mich in einen Fahrradanhänger, und fuhren mich mit den Rennrädern in die Berge. Sie liehen mir Unihockeyschläger, und spielten mit mir gegen Jungs, die zwei Köpfe größer waren als ich. Sie sprachen mit mir über Frauen, über ihre Haare und Hände, sie zeigten mir Unterwäschekataloge, sie erzählten mir Geschichten von Klassenpartys, und manchmal schrieben wir zu dritt einem Mädchen, das dachte, dass sie sich mit einem allein unterhielt. Bei schlechtem Wetter machten wir Tonaufnahmen, die wir auf dem Computer verzerrten, und auf Disketten speicherten, und die ich nur lustig fand, weil *sie* sich davon vor Lachen die Bäuche hielten. Wir spielten Brett- oder Computerspiele, bekriegten einander mit Pferden und Kanonen, und schmissen uns das Spielgeld ins Gesicht, bis ihr Radiowecker eine Zeit anzeigte, zu der ich nicht gewusst hatte, dass man da überhaupt noch wach sein konnte. Dann zogen sie eine Matratze unter dem Bett hervor, und wir putzten uns die Zähne, bis wir den Schaum nicht mehr im Mund behalten konnten, und schliefen zu *Drei Fragezeichen* ein. Wenn einer erwachte, schaltete er die Stereoanlage ein, und weil sie sich für die immer gleichen Lieder entschieden, sangen wir am Ende alle mit: *I want to get away, I want to fly away, yeah, yeah, yeah.*

Ihr Zimmer war das Gegenteil von meinem, auch wenn meines direkt über ihrem lag. Während mich die Geister oben beim Einschlafen plagten, war das Zimmer darunter der einzige Ort, wo sie nicht hinkamen. Eine Verbindung dazwischen gab es nicht. Auch wenn weder die Bergs noch meine Eltern etwas dagegen hatten, dass ich so oft bei ihnen war, waren die Wohnungen auf verschiedenen Welten, und wenn ich die eine verließ und die andere betrat, veränderte sich meine Stimmung komplett. Wenn ich nach Hause kam, fühlte sich das, was ich unten erlebt hatte, falsch an, weil es auf Bergs Welt geschehen und ich nur Gast gewesen war. Selbst wenn ich am Vorabend mit den Zwillingen Tränen gelacht hatte, war ich am Morgen wieder in meinem Leben gefangen, als hätte ich alles nur geträumt. Ich hörte nicht mehr Lenny Kravitz aus der

Stereoanlage, sondern die Nachrichten des Schweizer Radios aus der Küche. Es schien nicht mehr das grelle Licht der Sparlampe im Zimmer von Ralph und Simon, sondern ein warmes Licht, das mich in meinen Sumpf bettete. Und weil unsere Welten so verschieden waren, kostete es mich jedes Mal Überwindung, bei den Bergs zu klingeln, so als müsste ich aus meinem warmen Nest ins kalte Wasser springen. Je stärker die Geister wurden, desto schwächer wurde ich, und anstatt das zu tun, das mir guttun würde, rannte ich nach Hause zu meiner Mutter. Ausgerechnet, wenn die Geister am stärksten waren, fehlte mir die Kraft, sie zu verlassen. Und so ging ich an solchen Tagen an der Tür der Bergs vorbei wie an einem verriegelten Eisentor.

Das konnte wochenlang so gehen, bis ich so gut wie vergessen hatte, dass es noch etwas anderes gab als mich und die Geister, und ich nur noch gerettet werden konnte, wenn die scheinbar unüberwindbare Grenze *per Zufall* aufgelöst wurde. Das waren dann die magischen Momente. Wenn die Zwillinge auftauchten, ohne dass ich sie hatte aufsuchen müssen, wenn ich das Fenster offen hatte, und Lenny Kravitz, und Ralph und Simon mitsingen hörte, wenn ich sie im Treppenhaus traf, und sie mit Tennisschlägern aus dem Haus rannten, wenn ich sie vom Fenster aus sah, wie sie ihre Fahrräder putzten, und sie mich aufriefen, runterzukommen, platzte die Blase, und die Geister waren weg.

Ich ging die Treppe rauf, die die beiden Welten getrennt hatte. Und da stand unsere Haustür, als hätte sie noch weitere zwanzig Jahre auf mich warten können, weil sie *un-*

sere Haustür bliebe, egal, wohin ich ginge. Ich klingelte, und schaute zum Türspion. Ich klingelte noch einmal, aber es passierte nichts. Ich hatte nicht mit der Möglichkeit gerechnet, dass meine Mutter nicht da sein könnte. Ich hatte immer einfach gedacht, dass sie auf mich wartete. Auch jetzt schien ich mir sofort sicher zu sein, dass sie im Laden war. Doch fragte ich mich auf dem Weg zurück ins Dorf, was ich tun würde, wenn ich falschläge.

Glücklicherweise sah ich sie schon von Weitem durch das Schaufenster. Sie stand an der Kasse, und sprach mit einer Kundin, als wären sie beste Freundinnen. Als ich reinkam, klingelte ein Glöckchen, die Kundin drehte sich zweimal zu mir um, dann sagte sie: »Das ist doch dein Sohn!« Früher hatte ich diese Frau nicht gemocht, sie erschien mir wie eine Greisin, die jeden Moment sterben könnte, und wenn sie sich zu mir kauerte, ekelte ich mich vor ihrem faltigen Hals. Jetzt sah ich, dass sie erst etwa siebzig war. Meine Mutter tat, als würde ich alle zwei Wochen mal bei ihr vorbeischauen, und sagte: »Dass du ihn überhaupt erkannt hast!«

Ich gab der Frau die Hand, und sie erinnerte mich daran, dass sie Monika hieß. »Das weiß ich doch«, sagte ich, und wir lächelten uns an. Dann ging ich zu meiner Mutter, umarmte sie, und sie drückte mich so fest, dass ich mich fragte, woher diese Kraft kam. Ich sagte, ich hätte mir gedacht, dass ich mal vorbeikommen könnte, und sie sagte, *ja, gut,* lachte, und fragte die Frau, wie lange sie mich nicht mehr gesehen habe. Sie schauten mich beide an, wie man ein Kind anschaut, dann sagte Monika, das sei lange her, aber diese Augen erkenne sie sofort. »Wohnst du immer noch in Berlin, und schreibst über Musik?« Ich fragte sie, woher sie das wisse. »Weißt du, alte Frauen reden viel, wenn ihre Söhne ausgeflogen sind.« Sie lachten. Ich sagte, dass ich nicht wisse, wie lange ich das noch machen würde. »Das stelle ich mir schön vor«, sagte sie, »wenn man nicht genau weiß, was als Nächstes kommt. Mein Sohn macht das auch so. Früher hat es das nicht gegeben.« Sie selbst sei ihr Leben lang Lehrerin gewesen, und habe sich nie gefragt, ob sie mal etwas anderes tun sollte. »Das stimmt doch nicht!«, sagte meine Mutter. »Sie hat zwei Jahre in Amerika gelebt. Erzähl ihm, wo du warst! Sie war in San Francisco!«

Es klingelte das Glöckchen, und ein Mann mit einem kleinen Jungen kam herein. »Sagst du *hallo?*« Der Bub versteckte sich hinter seinem Bein.

»Stimmt das?«, fragte ich. »Natürlich stimmt das.« – »Dann musste sie flüchten«, sagte meine Mutter. »Das interessiert ihn doch einen Scheißdreck«, sagte Monika. »Tom, habe ich recht? Er hieß Tom«, sagte meine Mutter. »Lass sie doch, wenn sie nicht will«, sagte ich. Dann sagte Monika, sie habe da ein Jahr bei einer Schweizer Familie gelebt. »Das war auch so etwas, das nur meinem Vater in den Sinn kommen konnte, mich ausgerechnet zu Schweizern zu schicken.« Meine Mutter lachte, und ich erinnerte mich, wie ich die beiden früher immer hatte reden hören, ohne etwas zu verstehen. Monika sagte, der Typ sei einige Jahre älter gewesen als sie, und habe in einem Atelier nebenan Bilder gemalt. Einmal habe er sie auf eine Spritztour mitgenommen, und habe ihr die Stadt gezeigt, mit all den Hippies, und so habe sie sich in ihn verliebt. »Schließlich habe ich meinen Eltern angegeben, dass ich noch ein Jahr *bei dieser Familie* bleiben könne, und bin dann zu ihm in die Stadt gezogen. Da fing er an, mich Akt zu zeichnen. Es war gerade in Mode, freizügig zu sein, darum fand ich das am Anfang ja auch toll.« – »Das wäre ja noch gegangen«, sagte meine Mutter, und verabschiedete sich von dem Kunden, der ging, ohne etwas gekauft zu haben. Es seien dann aber immer mehr Freunde von Tom zu Besuch gekommen, die sie ebenfalls hätten zeichnen wollen. »Und irgendwann schlug er vor, mich mit denen *zusammen* zu zeichnen. Da wusste ich, dass ich sofort gehen musste. Also kam ich zurück, und wurde Lehrerin.« – »Wenn das nicht passiert wäre, wärst du da geblieben!« – »Wer weiß. Vielleicht musste es auch so kommen. Aber ich gehe jetzt. Ich verschwende ja nur eure Zeit, wo du doch so hohen Besuch hast!« Sie entschuldigte sich bei meiner Mutter, und sagte, dass es schön gewesen sei, mich wieder einmal zu sehen, dann verschwand sie. »Ich wusste nicht, dass die so ist«, sagte ich. »Ich dachte früher immer, sie stirbt gleich. Aber sag ihr das lieber einmal, wenn ich nicht da bin.« – »Die ist gar nicht viel älter als ich!«, sagte meine Mutter. Dann meinte sie, dass sie hier bald fertig sei. »Wenn du willst, können wir zu Hause etwas essen. Hallo, überhaupt!«

Auf dem Heimweg redeten wir nicht viel. Ich schämte mich, dass ich sie so lange allein gelassen hatte. Wir hatten jahrelang kaum Kontakt gehabt, obwohl sie mir davor so nah gewesen war wie niemand sonst. Als ich neu in Berlin war, telefonierten wir jeden Tag, und ich erzählte ihr, wie es lief mit der U-Bahn, der S-Bahn, der Ringbahn, wie die Leute angezogen waren, wie sie sprachen, und wie überhaupt alles anders war als zu Hause. Ich weiß noch, wie ich am Fenster stand, die Heizung umklammerte, und sagte, dass ich dem Nachbarn *direkt* in die Küche sehen und zuschauen könne, wie er da *die Wäsche* wasche. Darüber, warum ich da war, sprachen wir nie. Ich erinnere mich nur, wie ich mich beschwerte, dass ich nicht begriff, wo die Vorlesungen stattfanden, obwohl ich eigentlich hätte sagen wollen, dass ich grundsätzlich verloren war in dieser Stadt. Ich glaube, dass sie wusste, dass ich nicht da war, um zu studieren. Aber dass ich gar nie hinging, ahnte sie wohl nicht.

Sobald ich Eule kennenlernte, rief ich sie nur noch selten an, weil ich jeglichen Kontakt zum alten Leben als Gefahr für mein neues Leben sah. Doch nicht einmal das schien sie zu überraschen, nicht einmal da wollte sie wissen, was los war. Und so redeten wir nur noch wirklich miteinander, wenn sie mich besuchen kam. Das letzte Mal kam sie an Weihnachten. Es war der Winter ohne Eule, und entsprechend bedrohlich war ihr Besuch. An Heiligabend gingen wir chinesisch essen, und sie sagte drei- oder vier- oder fünfmal, dass sie es möge, wenn das Essen scharf sei, aber dass man bei den Chinesen nie wissen würde, was *scharf* heiße, und sie darum lieber *mild* bestelle. Und weil ich ebenso nicht wusste, was reden, ging ich alle zehn Minuten raus, und rauchte, bis wir endlich gehen konnten. Ein paar Tage später klingelte es bei mir. Dann stand sie da mit ihrem Koffer, geschminkt für die Rückreise, und wie immer viel kleiner als in meiner Vorstellung. Bei ihren vorigen Besuchen waren wir immer ein paar Mal spazieren gegangen, oder hatten eine Schifffahrt gemacht, und auch diesmal hatten wir gesagt, dass wir ins Theater gehen könnten. Aber irgendwie waren die Tage vergangen, und jetzt log ich ihr vor, dass wir beim Strom zu viel zu tun gehabt hätten. Ich sagte, dass es mir leidtue. Und sie, die meine Gemeinheiten immer hingenommen hatte, zeigte für einmal, wie sehr ich sie enttäuscht hatte, wo sie doch extra nach Berlin gekommen war, um mich zu besuchen.

Ich hatte immer gedacht, dass das eben der Preis dafür war, dass ich leben konnte, wie ich wollte. Und weil ich so weit entfernt von ihr lebte, war das auch nie ein Problem gewesen. Aber jetzt, wo ich mit ihr durchs Dorf ging, schämte ich mich. Ich war ja wieder nicht gekommen, um ihr eine Freude zu machen. Doch schien sie nicht wütend auf mich zu sein. Auch wenn sie nicht viel sagte, machte sie mir einen glücklichen Eindruck, und als wir in die Siedlung kamen, schien sie irgendwie stolz zu sein, gegenüber den Nachbarn, dem Leben oder sich selbst, weil sie es doch gewusst hatte, dass der Tag käme, an dem ich sie besuchen würde. Vor unserem Hauseingang sagte ich, dass ich heute schon einmal da gewesen sei. »Hättest du doch etwas gesagt!«, sagte sie. »Ich wusste ja nicht, dass du kommst.«

Komm, wir gehen in den Wald!

Die Wohnung sah immer noch aus wie früher. Der Boden im Flur war aus dunkelbraunem Linoleum, die Decke getäfelt, am Eingang stand immer noch der Stoffsessel, der aussah, als würde er selbst dafläzen. Mein Zimmer war hingegen fast leer, nur ein Bügelbrett stand darin, daneben ein Wäschekorb und ein ausgeklappter Kleiderständer. Es roch ganz anders als damals, und es war heller als früher, weil ein Parkettboden verlegt worden war, auf den die Sonne schien. Im Wohnzimmer standen zwei Orchideen auf dem Tisch, und auf dem Balkon blühten Geranien. Das Sofa, auf dem ich die Tage verbracht hatte, an denen ich *krank* gewesen war, war durch ein kleines rotes ersetzt worden. Auch der Fernseher war neu.

Die Tür zum Büro stand offen. Das war der Ort, vor dem ich die größte Angst gehabt hatte, als ich hergekommen war. Aber außer dass mein Herz klopfte, passierte nicht viel. Das Zimmer sah aus, als ob mein Vater immer noch da arbeiten würde, sein Schreibtisch und sein Bürostuhl standen da, als wäre er nur kurz weggegangen. Erst drin sah ich auf dem Büchergestell gegenüber dem Pult die Urne. Sie war aus Kupfer, und darin eingraviert war sein Name. Es schien, als würde meine Mutter tatsächlich immer noch mit ihm zusammenwohnen. Ich wusste nicht, was ich davon halten sollte. Ich stand da, und hörte leise den Dampfabzug in der Küche rauschen. Aber die Geister kamen nicht.

In der Küche war meine Mutter dabei, Salat zu waschen. Ich sagte, dass ich ihr gerne helfen würde, aber sie meinte, dass sie nur rasch die Reste von gestern aufwärme, wenn das okay sei. Ich fand es komisch, etwas zu essen, das sie gekocht hatte, als sie noch allein gewesen war. Doch das sagte ich ihr nicht. Ich fragte, ob *er* eigentlich etwas dazu gesagt habe, was mit ihm geschehen solle. »Mit Heinz? Hast du die Urne gesehen? Wie ich ihn kenne, wäre ihm das egal gewesen. *Ich* war es, die kein Grab wollte.« Sie knickte die Blätter ab, hielt sie unter das fließende Wasser und tat sie in die Schleuder. Als ich fragte, wie denn die Beerdigung gewesen sei, sagte sie, die Abdankung habe an der Uni stattgefunden. »Ich war vor allem froh, dass ich nicht alles alleine organisieren musste. Es kamen halt viele Akademiker. Aber das war ja, was er sich gewünscht hätte. Stören tat mich nur, dass alle so alt waren.« Speziell sei gewesen, dass es vor der Veranstaltung zu regnen angefangen habe, und die wenigsten daran gedacht hätten, einen schwarzen Schirm mitzunehmen. Sie wisse auch nicht, warum, doch habe sie jedes Mal lachen müssen, wenn ein gelber oder roter Schirm im Gebäude ausgeschüttelt worden sei. »Ich habe manchen Leuten nicht einmal Hallo sagen können, ohne zu lachen.« Erst als die Bergs mit ihren kleinen Kindern reingekommen seien, habe sie geheult. An der Feier hätten dann viele Leute etwas zu meinem Vater und seiner Arbeit gesagt, oder etwas vorgelesen, das er gemocht hatte. Das sei sehr schön gewesen. »Ich habe dann auch noch etwas gesagt. Vor allem habe ich Danke gesagt, den Leuten, die das mit mir organisiert hatten, und dass alle gekommen waren, und dass ihn das sicher sehr gefreut hätte.« Dann sagte sie, dass ich den Tisch decken solle. Wenn ich wolle, könnten wir auf dem Balkon essen.

Es gab gebratene Lasagne. Insekten flogen um uns herum, und unter der Markise war es heiß. Ich sah die Alpen, die an den Gipfeln immer noch weiß waren. Ich sagte, ich hätte die Berge fast vergessen. Sie sagte, sie glaube nicht, dass sie irgendwo leben könne, wo man sie nicht sehen würde. Dann schwiegen wir, und irgendwie wussten wir beide, dass jetzt der Zeitpunkt gekommen war, an dem ich sagen musste, was ich hier machte. Ich sagte, dass es mir leidtue, dass ich nie gekommen sei. Es war mir peinlich, das Wort auszusprechen, aber ich sagte, dass ich sie wegen den *Geistern* nie besucht habe. Sie schien überrascht, dass die Geister immer noch eine Rolle spielten in meinem Leben. Ich sagte, ich hätte kurz geglaubt, dass ich sie von ihr hätte, weil sie ebenfalls von zu Hause abgehauen sei. »Aber das glaube ich nicht mehr. Ich glaube, dass sie wegen meinem Vater kamen, weil er nie da war. Ich hätte ihn gebraucht.« – »Ich weiß«, sagte sie. »Er dachte wahrscheinlich, ich käme an seine Vorlesungen, weil ich mich für Literatur interessierte.« – »Er wusste schon, dass du seine Nähe suchtest.« – »Ich suchte seine Nähe nicht. Du hast mir mehr als genug Nähe gegeben. Ich brauchte jemanden, der etwas mit mir *machte*.«

Sie sagte, dass sie ihm oft gesagt habe, dass er mit mir rausgehen solle. Nur sei er halt nicht der Typ dafür gewesen, und ändern können habe sie ihn nicht. Doch habe *sie* mir ja mehrmals vorgeschlagen, ins Karate zu gehen oder ins Judo. »Aber das wolltest du nicht.« Ich sagte, dass sie alles getan habe, was sie habe tun können. »Du warst eine gute Mutter. Aber du warst mir ein genauso schlechter Vater wie Heinz. Wahrscheinlich ist es nicht möglich, einem Kind Geborgenheit zu geben, und es gleichzeitig im Judo vermöbeln zu lassen. Aus einem Grund hat man ja zwei Elternteile. Aber das interessiert heute ja niemanden mehr.« – »Das sieht man eben nicht mehr so altmodisch«, sagte sie. Und ich sagte, dass das nichts mit Mode zu tun habe. Einem Kind sei es doch egal, wer ihm was gebe. »Aber offensichtlich konntest du mir nicht gleichzeitig eine gute Mutter und ein guter Vater sein. Wenn mich Heinz ab und zu ins Bett gebracht hätte, hättest du vielleicht auch mal mit mir rausgehen können. Aber er war ja grundsätzlich weg. Er erfüllte ja gar nichts von dem, was ein Kind braucht. Und darum frage ich mich ehrlich gesagt schon, wie du das ausgehalten hast mit ihm. Er war ja überhaupt nie da.« – »Ich hatte ihn sehr gerne«, sagte sie. »Und immer noch.«

Und zuerst hätte ich fast etwas gesagt, weil ich zwischen ihnen nie etwas wie Zuneigung erlebt hatte. Aber das ging mich ja nichts an. Ich sagte nur, dass ihr doch zumindest am Anfang etwas gefehlt habe. »Aus einem Grund wolltest du ja ans Meer, und gingst dann zu diesem Mann nach Hause.« Dann lachte sie, und sagte, dass ich eine falsche Vorstellung davon hätte, was damals passiert sei. Sie sei vierundzwanzig gewesen, der Mann habe ihr schöne Augen gemacht, und sie sei darauf reingefallen. Ich fragte, ob sie das wirklich glauben würde. »Aus einem Grund bist du doch zwei Tage bei ihm geblieben. Er hat dir doch irgendwas gegeben, das dir Paps nicht geben konnte.« – »Natürlich! Es war aufregend, bei einem fremden Mann im Bett zu liegen, was glaubst du denn!? Und in diesem Alter ist es das, was zählt. Aber später merkt man, dass es Dinge gibt, die wichtiger sind als ein bisschen Herzklopfen.« – »Was denn?« – »Du! Du und Heinz seid für mich immer das Wichtigste gewesen.« Als Kind habe sie jeden Tag gebetet, dass sie eine normale Familie haben würde. Und Heinz habe ihr diesen Wunsch erfüllt. Aber das hätte sie ja nicht davon abhalten müssen, jemals wieder ans Meer zu gehen. Und das sagte ich ihr dann auch. »Ich habe damals alles aufs Spiel gesetzt, was mir wichtig war«, sagte sie. »Ich habe den Mann betrogen, der mir den größten Wunsch erfüllt hat. Als ich realisierte, was ich getan hatte, wusste ich, dass er mich verlassen und wir nie eine richtige Familie sein würden. Aber er verließ mich nicht. Er verzieh mir. Und im Gegenzug hat er nie etwas dafür verlangt.«

Ich verstand, dass sie ihm dankbar war, doch änderte das ja nichts an der Tatsache, dass er nie Zeit für sie hatte. Sie sagte, sie verstehe, dass ich das denken würde. Er sei eben auf eine Art dagewesen, die ein Kind nicht habe sehen können. »Natürlich hätte ich mir gewünscht, dass ein paar Dinge anders gewesen wären. Aber wir hatten eine schöne Beziehung. Durch ihn entdeckte ich eine komplett neue Welt. Du weißt ja, wie sie in der Chohl redeten. Es ging ja immer nur darum, wer nun genau welche Krankheiten hatte, und wer wie viel Geld. Heinz wollte hingegen darüber reden, was ein gutes Leben ausmacht. Es interessierte ihn, was ich darüber dachte.« Sie habe sich lange gescheut, ihre Meinung zu sagen, weil sie geglaubt habe, keine Ahnung zu haben von diesen Fragen. »Aber ihm war es egal, dass ich weniger gebildet war als er. Er wollte immer genau wissen, was ich dachte, und zwang mir seine Sicht nie auf.« Er habe mit ihr philosophiert, ihr Platten abgespielt und Gedichte vorgelesen, die ihn selbst so berührt hätten, dass seine Stimme dabei gezittert habe. »Das war auch aufregend, das kann ich dir sagen! So etwas gab es in der Chohl nicht. Das Einzige, das ich von Kultur mitbekam, waren die Bücher von Karl May und die Boxkämpfe von Muhammad Ali. Heinz empfahl mir dagegen Romane, in denen ich mich so verstanden fühlte, dass ich beim Lesen glaubte, dass mir nie mehr etwas passieren könne in meinem Leben. Und jeder Roman brachte mich an einen neuen Ort auf dieser Welt.« Er habe ihr die Bücher jeweils ein Stück aus dem Regal gerückt, damit sie habe sehen können, was er ihr empfahl. »Das machte er bis zum Schluss. Manchmal habe ich das Gefühl, dass er mir heute noch zuflüstert, was ich lesen könnte. Aber dass du das als Kind nicht sehen konntest, ist mir klar. Er war ja immer nur in seinem Kopf. Ich hoffte darum immer, dass du merken würdest, was für ein Mensch er war, wenn du einmal groß wärst.«

Je älter sie werde, desto mehr glaube sie, dass er in seinem Kopf so zufrieden gewesen sei, wie man es nur sein könne. Wenn sie in seinem Büro stehe, spüre sie das heute noch. »Gleichzeitig fand er nie einen Platz auf dieser Welt. Und er war ja nicht dumm. Er wusste, dass er kein guter Vater war. Alles, was ihn interessierte, war das Gegenteil von dem, was ein Kind interessiert. Das quälte ihn. Umso mehr genoss er es, als du ihn früher an der Uni besuchtest. Als er erfuhr, dass du Literaturwissenschaften studieren wolltest, dachte er, dass ihr euch vielleicht bald verstehen würdet. Als du dann vom einen auf den anderen Tag wegwolltest, brach für ihn eine Welt zusammen. Ich fand es wichtig, dass du gingst. Und ich wusste ja, dass du das nicht machtest, um da zu studieren. Aber das sagte ich ihm nicht.« Ich hatte immer geglaubt, dass er mir meine Geschichte abgekauft hatte, da er mich schließlich selbst nach Berlin fuhr. Aber jetzt sagte meine Mutter, dass er gewusst habe, dass ich aus einem anderen Grund gegangen war. »Als er dich nach Berlin gebracht hatte, kam er zur Tür rein, und sagte: *Er kommt nicht zurück.* Er wusste, dass du dableiben würdest. Und ich glaube, dass er dachte, dass er daran schuld war.« Sie habe ihm gesagt, dass ich früher oder später schon wieder zurückkommen würde. Doch habe er nur den Kopf geschüttelt. »Irgendwie wusste er, dass es das Letzte war, das er für dich hatte tun können. Dich von hier wegzufahren.«

Als wir fertig gegessen hatten, schaute ich einem braunen Stinkkäfer zu, wie er dem Geländer entlanglief. Ich hatte das Gefühl, dass er nicht hier auf dem Beton sein dürfte, sondern versteckt sein müsste, irgendwo in einem Gestrüpp oder Baum. Ich sagte: »Weißt du, was ich gemacht habe, als du mir sagtest, dass er gestorben sei?« Ein paar Wochen davor hatte er den ersten Herzinfarkt gehabt. Und an einem Sommernachmittag, als ich mit Sara im Reederpark lag, rief meine Mutter an. Sie sagte, dass er auf der Wiese vor der Uni zu Mittag gegessen habe, und dass seine Kollegin sofort die Ambulanz gerufen habe, aber jede Hilfe zu spät gekommen sei. »Ich habe ihn vor mir gesehen, wie er blinzelnd in der Sonne saß, und versuchte, das schöne Wetter zu genießen, bevor es passierte.«

Als wir den Tisch abgeräumt hatten, ging ich noch mal ins Büro. Ich sah quer durch das Zimmer zum Fenster hinaus zum hinteren Block, wo ebenfalls ein Fenster offen stand, und eine Bettdecke hing, als würde sie da rausgekotzt. Irgendwie hatte es in meiner Erinnerung da kein Fenster gegeben, zumindest nicht eines, aus dem man hinausschauen konnte. Ich wartete darauf, dass etwas passierte, wo doch immer etwas passiert war, wenn ich in dieser Stille saß. Ich sah zum Teppich, zum Fleck, wo ich früher immer gelegen hatte, und fragte mich, ob es wirklich nötig war, mich jetzt in etwas reinzusteigern. *Sie sind nicht mehr da,* dachte ich. *Du hast es bis hierher geschafft, und darum sind sie jetzt weg.* Ich dachte, dass sie mich in Ruhe lassen würden, wenn ich nicht nach ihnen suchte, und sie am Ende nur deshalb kämen, weil ich sie provozierte. Aber dass ich Angst hatte, etwas falsch zu machen, zeigte ja nur, dass sie längst da waren.

Ich setzte mich auf den Teppich, und dann hatte ich wirklich Angst. Ich stützte mich auf die Hände, und versuchte ruhig zu bleiben, ich dachte, *jaja, hier war das also,* und schaute zur Decke, wo mich die *Quallen* und *Schnecken* im Holz anschauten. Ich legte mich hin, schloss die Augen, und dachte, *kommt nur, ich gehe nicht weg.* Dann strich mir eine Übelkeit über die Fingerspitzen. Ich dachte, *das bildest du dir nur ein.* Die Übelkeit zog über meine Arme, den Hals, die Zunge, und hinterließ einen Geschmack von Batterie im Mund. Sie strich über mein Gesicht, und es fühlte sich an, als würde ich verschmiert wie ein frisch gemaltes Bild. Alles war in eine rötlich-braune Soße getunkt. Ich hörte jemand rufen, ich solle weg! Zuerst sah ich sein Gesicht nicht, aber ich wusste, dass ich es war, der rief. Ich sah das Büro, wie ich es früher gesehen, und mich, wie ich früher dagestanden hatte. Der Kleine sagte, ich müsse weg, sonst würden sie kommen, *bitte geh!* Ich dachte, ich müsse mich übergeben, und riss die Augen auf, und versuchte mich zu beruhigen. Als ich sie wieder schloss, stand der Kleine immer noch da, doch die Zimmertür war aufgelöst, dahinter war es schwarz, und es kläfften ihn hundeartige Bestien an, so laut, so gewaltsam, dass sich meine Brust zusammenzog. Sie waren so nah an ihm dran, und er konnte nichts tun, außer zu rufen, ich müsse weg. Aber ich hatte mein Leben lang auf ihn gehört, mein Leben lang war ich gegangen, wenn er gesagt hatte, ich müsse weg. Ich war kein kleines Kind mehr. Ich sagte, es tue mir leid. *Aber ich kann da nicht weg.* Das führte ja nur wieder dazu, dass ich das Scheiß-Leben führte, das ich nicht mehr führen konnte und nicht mehr führen wollte, ohne Eule.

Ich kam mir vor wie meine Mutter, bei der ich immer gebettelt hatte, dass sie zu Hause bleiben solle, wenn es mir nicht gut ging. Wie oft hatte ich sie ins Badezimmer begleitet, wo sie sich schminkte, und hatte gesagt, *bitte bleib da!* Ich verstand nicht, warum sie nicht nachgab, weil sie ja nur die Chefin anrufen und ihr sagen musste, dass sie nicht arbeiten könne. Ich wusste, dass das *eine Möglichkeit* war, und sie es in der Hand hatte. Doch sagte ich jetzt dasselbe zu *mir*. Ich sagte, die Geister würden mir nichts tun, wie meine Mutter mir das immer gesagt hatte. Sie hatte immer gesagt, ich solle einfach nicht an sie denken, sie einfach *loslassen*. Sie sagte, dass mir nichts passieren könne, ja, dass ich eben kotzen müsse, wenn ich kotzen müsse, und dass das nichts Schlimmes sei. Aber jetzt sah ich, dass das nicht stimmte. Ich sah, dass ich recht gehabt hatte, und es tatsächlich schlimm war. Die Bestien würden den Kleinen zerfleischen, wenn ich dabliebe. Es würde niemand kommen, um ihn zu retten. Ich hatte jahrelang darauf gewartet, dass jemand kommen würde. Ich war jahrelang dagelegen, wie ich jetzt dalag, und nie war jemand gekommen. *Warum halfst du mir nicht?*, sagte ich. *Warum ließest du mich einfach liegen?*

Ich sah meinen Vater, ganz nah, seine Bartstoppeln, seine Nase, und fragte: *Bist du da?* Ich machte die Augen auf, und sah die Urne. Sie stand herum wie jemand, der sich schämt, auf der Bühne zu stehen. Ich glaubte, dass er die Urne nicht hier hingestellt hätte. Es schien, als ob die

Bücher seine Asche abstoßen würden, wie Bäume ihre Blätter im Herbst. Sie waren vielleicht einmal wichtig gewesen, sie hatten einmal das Sonnenlicht für sie eingefangen, doch würden ja neue und wieder neue kommen. Ich fragte mich, ob wir im Herbst deshalb an den Tod dachten, weil wir selbst Blätter waren, die einmal starben. Und ob wir nicht eher an den Baum denken sollten, der überlebt. In der Urne lag nur totes Laub. Die Bücher hingegen standen da, im Kern unberührt und lebendig.

Ich sagte zu meinem Vater, dass es mir leidtue, dass ich nie zurückgekommen sei. Ich sagte, *ich dachte, dass du keine Ahnung hattest, wer ich war, und du mich sowieso nie verstehen würdest. Dabei war ich es, der nicht wusste, wer du bist. Alles, was du tatst, fand auf einer Welt statt, zu der ich keinen Zugang hatte. Und so kam es mir vor, als ob du gar nie am Leben gewesen wärst.* Umso besser erinnerte ich mich an einen Tag, an dem wir tatsächlich zusammen etwas erlebt hatten. Es war an einem Fest, das mein Onkel in einer Jagdhütte veranstaltete. Mein Vater hielt es aus irgendwelchen Gründen nicht aus, da zu sein, und ging mit mir in den Wald. *Du warst wütend, und stießest ein morsches Bäumchen um,* sagte ich. *Dann sagtest du, ich könne das auch. Ich konnte nicht glauben, dass das möglich war, Bäume von Hand zu fällen. Aber dann gingen wir durch den Wald, und stießen alle toten Bäume um, als wären wir Riesen. Als ich in der Schule erzählte, was wir getan hatten, sagten alle, ich würde lügen, auch wenn sie mir eigentlich glaubten. Von da an wünschte ich mir beim Einschlafen immer, dass du am Morgen dastehen und sagen würdest, ich solle sofort aufstehen: Heute gehen wir in den Wald! Ich stellte mir immer vor, wie du mir einen Feldstecher umhängen und wir mit dem Auto wegfahren würden, um zusammen eine Waldhütte zu bauen. Wir würden sie möblieren, sie mit Blättern tarnen, und da übernachten. Aber wenn ich aufwachte, warst du immer schon weg, und am Abend saßest du wieder an deinem Tisch. Darum kann ich nicht einmal sagen, dass es mich besonders traurig machte, als du starbst, weil es mich schon immer traurig gemacht hatte, dass du nicht da warst.*

Ich sagte, ich hätte vor einiger Zeit eine Frau kennengelernt, mit der er sich sicher gut verstanden hätte. Ich sagte, dass ich wegen dir angefangen hätte zu schreiben, Mira. Nicht für ein Heft, nicht für irgendjemanden, sondern für mich selbst. Ich sagte, dass ich schnell gemerkt hätte, dass ich das gerne machte, und mich dabei wohlfühlte. *Aber erst jetzt wird mir klar, dass du es bist, wenn ich schreibe, Papa, und du den Geistern den Platz nimmst, der eigentlich deiner ist. Erst jetzt merke ich, dass in dem, was ich denke, du bist, dass jede Frage, die ich mir stelle, der Feldstecher ist, den du mir umhängst, und jede Geschichte, die mir durch den Kopf geht, deine Art ist, dich am Morgen neben mein Bett zu stellen, und zu sagen: Komm, wir gehen in den Wald!*

Ich schaute über die Bücher, die für mich immer nur eine *Fläche* gewesen waren, ein unveränderbares *Bild,* aus dem ich weder meinen Vater noch meine Mutter jemals hatte ein Buch rausnehmen sehen. Doch mussten es doch diese Bücher sein, die mein Vater für sie rausgerückt hatte, und die sie heute noch las. Ganz oben stand das *Hauptbuch,* das ich früher so genannt hatte, weil die Linien der Bücher darunter in seine Richtung wiesen, und weil es so groß und weiß war wie der Nikolaus. Die daneben schienen klein und scheu wie Kinder einer Großfamilie. Ich sagte, *lass uns Bäume umstoßen!* Ich sagte das nicht zu meinem Vater, sondern zu mir selbst. Ich sagte, *du kannst das. Jeder kann das.* Ich klammerte mich an den Bürostuhl, und versuchte aufzustehen, und kam mir vor wie ein Kind, das Gehen lernt. Ich machte zwei Schritte über die Teppichfläche wie über einen gefrorenen See, ich hielt mich an der Eisenstange des Regals fest, und stellte mich auf die Zehenspitzen, damit ich das Buch hervorklauben konnte.

Es war leichter als gedacht, und die Oberfläche war fein, dass es in den Fingern kitzelte, wenn man drüberfuhr. *Wolfgang Borchert, Das Gesamtwerk,* stand da, und darauf war ein goldener Engel mit einer Harfe in der Hand, der sich von der Erde zu verabschieden schien. Ich klappte es da auf, wo ein Foto drinsteckte. Auf dem Bild war mein Vater, als er noch jung war. Vielleicht hatte er da gerade meine Mutter kennengelernt. Er trug eine Regenjacke, und stand an einem Bahnhof, wohl irgendwo in Deutschland. Es schien ihn zu nerven, fotografiert zu werden, und seine kleinen Augen waren blass.

Ich sitze auf deinem Grabe – Hunger und Kälte
betäuben den Schmerz um dich nicht – und die Tränen
sind eingefroren.

Aber vielleicht bist du glücklich? Denn du bist wieder eingereiht in den großen unendlichen Kreis, den Reigen, in dem es keinen Tod gibt: Denn es gibt nur das ewige Leben.

Hast du das Bild von dem Haus hinterm Deich mit hinübergenommen? Und die Stimme von deiner blonden Braut? Hörst du die Dampfer noch tuten auf der Elbe – riechst du noch das Meer?

Oh, du warst so voll Leben, daß du nicht tot sein kannst – ich weiß, daß du lebst.

Blödmann!

Nachdem ich eine Weile dagestanden und im Buch geblättert hatte, setzte ich mich an den Schreibtisch, um das hier alles aufzuschreiben. Ich wusste nicht, ob du mir überhaupt noch zuhörtest, Mira. Oder ob du es überhaupt warst, der ich schrieb. Vielleicht war es ja nötig, dich zu vergessen, damit ich endgültig lernte, zu mir zu schauen. Was den Kleinen vor den Bestien rettete, war Bewegung, das war mir jetzt klar. Was er brauchte, war ein *Vater,* der ihn mitnahm in die Welt, wie du mir vielleicht einer warst, weswegen ich jetzt dasaß, und schrieb. Aber ich war ja erwachsen, und konnte mir selbst ein guter Vater sein. Und die Welt war ja nicht nur in Berlin oder in der Perle, sondern auch in mir. In meinem Kopf würde ich den Knirps immer und überallhin mitnehmen können, wohin er auch wollte.

Am nächsten Tag fuhren wir in die Chohl. Ich hatte meine Mutter beim Nachtessen gefragt, ob sie mit mir da hinfahren würde, und sie hatte mich verwundert angeschaut. Dann hatte sie gesagt, wenn ich wolle, komme sie gerne mit, *es sei schön da,* und sie habe sowieso rausgehen wollen. Wir nahmen ihr Auto, einen alten VW Lupo, der seine schrottigen Vorgänger noch unterbot. Ich fragte mich, wo das Geld meines Vaters wohl steckte, und hielt es für möglich, dass sie es der Uni *zurückgegeben* hatte, weil ihr nicht wohl dabei war, so viel Geld zu haben. Sie war überrascht, dass ich den Führerschein gemacht hatte, und war froh, nicht selbst fahren zu müssen. Bei meinem Vater hatte sie immer Angst gehabt, und bei jeder Ampel *Achtung!* und bei jedem Stopp *Stopp!* gesagt, und darum erwartete ich, dass sie mir nun ebenso nicht trauen würde. Aber jetzt saß sie da wie auf einem Liegestuhl, und sagte nicht ein Mal, dass ich aufpassen oder langsamer fahren solle, und als ich nicht mehr wusste, wohin, war sie erstaunt, dass ich den Weg in die Chohl nicht kannte. Sie schien überhaupt keine Angst mehr vor irgendwas zu haben, vielleicht weil mein Vater tot war, oder weil wir jetzt, wenn etwas passierte, zusammen sterben würden.

Je tiefer wir ins Land fuhren, je abgelegener die Dörfer waren, desto niedlicher kam mir alles vor. Wir waren früher oft im Emmental gewesen. Aber weil ich die Chohl nicht mochte, weil ich meinen Großvater nicht mochte, und Angst hatte vor Tante Edith, die aussah wie eine Hexe, hatte ich gar nie gemerkt, wie sanft und schön die Landschaft eigentlich war. Ich erinnerte mich auch kaum mehr an Edith. Außer dass sie kettenrauchte, und mir immer Schokoladenmilch machte, und wütend wurde, wenn ich nicht richtig umrührte und am Ende Schokolade am Boden übrig blieb. Aber sie war es gewesen, die meiner Mutter vor dreißig Jahren gesagt hatte, sie könne gehen. Sie war hier geblieben, und hatte den Haushalt gemacht, bis mein Großvater starb.

Als wir über die Brücke fuhren, bei der ich als Kind immer gewusst hatte, dass wir *da* waren, fragte ich, ob ich direkt vor dem Haus parkieren solle. »Natürlich«, sagte sie, als ob ich das doch eigentlich wissen müsste. »Ich kenne die Familie gut.« Auf der Wiese stand eine Rutsche aus Plastik und ein kleines Trampolin. An einem Balken am Haus hing eine Schildkröte aus Holz, auf der *Lino* und ein Geburtsdatum stand, das zwei Jahre zurücklag. Ich fragte, wo ihre Schwester jetzt lebe, und meine Mutter sagte, zwei Dörfer weiter von da, sie lebe vom Erbe, und es gehe ihr gut, außer dass die Brüder nicht mehr mit ihr reden würden. »Sie haben es ihr nie gegönnt, dass sie das Haus bekam.« Als ich fragte, ob sie selbst noch Kontakt zu ihnen habe, schüttelte sie den Kopf. Dafür besuche sie regelmäßig die Leute, die jetzt da wohnten. »Wenn du willst, können wir kurz klingeln. Es sieht drin ganz anders aus als früher, und die Familie ist sehr nett.« Aber irgendwie dachte ich, dass mich das nichts mehr anging.

Ich schlug stattdessen vor, runter an die Emme zu gehen, und auf den Steinen und Felsbrocken das Bachbett entlangzuspazieren, wo wir früher manchmal gebadet hatten. »Ist gut«, sagte sie. »Aber sehr weit kommt man da nicht.« Es klang, als wäre sie vor nicht allzu langer Zeit da gewesen, und tatsächlich sagte sie, sie komme immer wieder mal her, wenn das Wetter gut sei. Früher sei sie eigentlich nur wegen ihrer Schwester gekommen, und weil sie geglaubt habe, dass sie ihren Vater besuchen müsse. »Darum nahm ich dich immer mit, damit ich dann sagen konnte, du müssest ins Bett.« Als Heinz gestorben sei, habe sie es eine Zeit lang nicht mehr gewagt, hierherzukommen. Sie habe sich eingebildet, dass sie in Lindenau nichts mehr verloren habe. »Es war wie mit neunzehn, ich dachte, ich müsse wieder zurück in die Chohl. Dabei war ich fast fünfzig! Irgendwann wurde es mir zu blöd, und ich fuhr hierher, um meinem Vater zu sagen, dass er es vergessen könne, dass ich jemals wieder zurückkommen würde. Doch als ich reinkam, saß er nur in seinem Sessel, und sagte, *schau mal, wer da ist.*« Danach sei sie wieder häufiger gekommen, und habe Edith am Ende geholfen, das Haus zu verkaufen.

Wir gingen weiter über die Steine, bis zu einer Stelle, wo der Bach von Felsen eingeschlossen war. »Ein bisschen weiter können wir noch«, sagte meine Mutter. »Wir müssen uns nur die Schuhe ausziehen.« Das Wasser kam uns nur bis zu den Knöcheln, aber es war so kalt, dass es wehtat. Auf den Steinen im Bachbett wuchs Moos, die anderen waren feingeschliffen, und lagen im Schatten. Meine Mutter ging voraus, und wurde immer schneller, weil sie wohl glaubte, dass die Stelle doch eigentlich kommen müsste, an der man nicht mehr weiterkam. »Da!«, sagte sie dann, und schnaufte laut ein und aus. »Siehst du?! Da vorne ist fertig.« Da war ein Felsbecken, um welches herum ein Klettersteig gebohrt worden war, damit man über das Wasser steigen konnte. Ich zeigte darauf, aber meine Mutter lachte nur, und schüttelte den Kopf, und sagte, das könne sie nicht. »*Du* kannst ja, wenn du willst! Ich schaue dir zu!« Ich zog mein T-Shirt aus, und sagte, dass wir in dem Fall schwimmen müssten. »Nein, nein. Ich schwimme bestimmt nicht in diesem Wasser.« Ich zog meine Hose aus, und weil es mir peinlich war, halbnackt vor meiner Mutter zu stehen, schwamm ich los, und war froh, dass sie mein nach Luft schnappendes Gesicht nicht sah.

Ich wusste, dass es keinen Zweck hatte, sie überreden zu wollen. Ich hatte sie immer zu allem versucht zu überreden, und war ein kleiner Profi darin gewesen, mir Zuckerwatte kaufen zu lassen, oder sie dazu zu bringen, mit mir fernzusehen. Aber ebenso wusste ich, wenn es keinen Sinn machte, zu betteln, weil es Dinge gab, die sie auf keinen Fall tat. Meist war es etwas, das mir überhaupt nicht wichtig war, bei dem es ihr aber umso klarer schien, dass sie das niemals tun, sie diese Grenze niemals überschreiten würde. Baden hatte schon immer dazugehört. Sie kam zwar gerne mit ins Freibad, lag dann aber nur da, und wenn ich sie aufforderte, mit ins Wasser zu kommen, sagte sie, sie bade nicht gerne *mit all den Leuten*. So lag sie den ganzen Tag in der prallen Sonne, um braun zu werden, und wenn ich ihr sagte, dass es sinnlos war, braun werden zu wollen, nur damit sie braun war, wenn sie das nächste Mal da lag, um braun zu werden, lachte sie, als ob ich das erst verstehen würde, wenn ich groß wäre.

Als ich auf der anderen Seite des Beckens angekommen war, sah ich meine Mutter auf einem Bein hüpfen, und die Hose ausziehen. Dann stand sie nackt da, was mir noch peinlicher war, als selbst in Unterhosen dazustehen. Sie band sich die Haare hoch, stieg ins Wasser, und stöhnte, und schnaufte, und schwamm mit erhobenem Kopf wie eine Schildkröte zu mir. Ich versuchte, ihr rauszuhelfen, aber sie wollte meine Hilfe nicht, und kletterte an Land, und lachte, und atmete, und lachte wieder: »Blödmann!«

Wir setzten uns auf einen Felsbrocken, wo die Sonne hinschien. Ich sah die Gänsehaut auf ihrem Rücken, und sagte, hier werde ihr schnell wieder warm. Sie schaute dem Bach zu, und wie er in das Becken floss, und kniff ihre Augen zusammen. Die Sonne spiegelte sich in ihrem Gesicht, es flackerte und blitzte auf ihrer Wange, und man hörte das leise Plätschern. Sie schaute aus, als würde sie nichts anderes brauchen, als ab und zu dazusitzen, und in den Bach zu schauen, irgendwo im Emmental. »Schau!«, flüsterte sie, und zeigte ins Wasser. Das Glitzern und Wirbeln verwischte mir die Sicht. Ich ging näher, bis ich etwas zu erkennen schien, ein kleines, dünnes Fischchen. Es schwamm an Ort und Stelle gegen den Strom, als würde das Wasser durch es hindurchfließen, als würden die Gesetze der Welt für es nicht gelten. Es schwebte einfach da, silbern und zeitlos.

»Gell ...«, sagte ich. »Du wirst auch einmal sterben.« Dann lachte sie, als hätte ich einen Witz gemacht. »Findest du das lustig?« Sie tippte mir an die Brust, und sagte, sie sei doch immer da drin. »Ja«, sagte ich. »Ich habe viel an dich gedacht, auch wenn es nicht den Eindruck machte. Es tut mir leid, dass ich so ein Arschloch war, und mich nie meldete.« – »Du musst dich nicht bei mir entschuldigen«, sagte sie: »Du musst nicht hierherkommen, wenn du nicht willst. Es ist *dein* Leben.« – »Ich möchte aber, dass du weißt, dass es nicht deine Schuld war, dass ich nie kam«, sagte ich. »Und dass ich dich immer vermisst habe.« – »Ich weiß«, sagte sie, und fasste meinen nackten Fuß. »Ich habe dich auch vermisst.«

Der Knirps ist eingeschlafen

Ich sagte meiner Mutter noch auf der Rückfahrt, dass ich nicht mehr lange bleiben würde. Das sei gut, sagte sie. Und ich versicherte ihr, dass ich sie bald wieder besuchen würde. »Auch das ist gut.« – »Wäre es auch gut, wenn ich erst in zehn Jahren käme?« – »*Gut* nicht, nein.« Sie lachte. »Dann sag das doch. Du kannst ruhig sagen, wenn du mich sehen willst.« – »Natürlich will ich dich sehen! Es ist halt einfach normal, dass Kinder von zu Hause ausziehen.« Dann schaute sie mich an, und ich wartete, bis sie sagte: »Aber sicher wäre es *schön,* wenn es bis zum nächsten Mal nicht so lange dauern würde. Zufrieden?«

Am nächsten Tag brachte sie mich zum Bahnhof. Wir warteten auf den Zug, und sie sagte, wenn ich wolle, würde sie mich bis Bern begleiten. Das hatte sie oft gemacht, wenn ich zu meinem Vater ging, und darum sagte ich, sie solle doch lieber wieder mal nach Berlin kommen. Ich hätte das nächste Mal auch Zeit für sie. Und wenn sie wolle, könne sie übrigens dann bei mir schlafen, Eule sei nicht mehr da. Er sei nach Skandinavien abgehauen. »Was, wieso?« – »Er wohnt jetzt beim Nikolaus. Er hatte genug vom Stadtleben.« – »Und wie ist das für dich?« – »Na ja, traurig.« – »Das war schon ein schräger Typ. Der hat dir gutgetan, gell?« – »Ja.« – »Dann wohnst du jetzt allein?« –

»Ich glaube schon.« – »Und sonst?« Sie lachte mich an. Ich sah die Zuglichter auf uns zukommen. »Sonst nichts.« Es war mir peinlich, meiner Mutter von dir zu erzählen. Ich wusste ja nicht einmal, ob du mich wiedersehen wolltest. Ich sagte, dass ich sie anrufen und sie spätestens an Weihnachten wieder besuchen würde. Aber da nickte sie nur gutmütig. »Dann bleibe ich länger, wenn ich darf!« – »Du darfst auch jemanden mitnehmen, wenn du willst. Platz hat es genug.« Ich sagte, das würden wir ja dann sehen, und fragte mich, ob sie Gedanken lesen konnte. Und wieso Mütter überhaupt immer alles wissen.

Der Flug hatte eineinhalb Stunden Verspätung. Ich besorgte mir einen Kaffee, und wartete beim Gate. Ich fragte mich, was ich vorhatte, sobald ich in Berlin sein würde. Ich hatte mir vorgestellt, dass ich direkt zu dir ginge, aber vielleicht würde mich ja nach wie vor etwas davon abhalten, dich zu besuchen. Dass ich einen dreitägigen Ausflug in die Schweiz hatte machen können, hieß wohl nicht, dass mich die Geister für immer in Ruhe ließen. Ich saß in der Wartehalle, und fragte mich, warum ich schon wieder so paranoid war, wo ich mich am Morgen doch so gefreut hatte, zurückzufliegen. Und mich ärgerte, dass ich das *weiße Buch* nicht mitgenommen hatte.

Am Morgen war ich noch einmal im Büro gewesen, um mich zu verabschieden. Ich hatte das Buch noch einmal aus dem Regal genommen, und eine kleine Geschichte darin entdeckt. Es ging um einen Soldaten namens *Jesus*, dessen Aufgabe es war, Probe zu liegen in den Gräbern, und der nicht mehr mitmachen wollte, weil die Kollegen am Ende ja doch nicht reinpassten. Ich hatte mir überlegt, das Buch mitzunehmen, aber irgendwie gehörte es da ins Regal. Ich glaubte, dass es eine besondere Bedeutung für meinen Vater gehabt hatte. Doch hätte ich mir eben sonst was borgen sollen, statt einfach planlos abzureisen. Jetzt saß ich nur wieder bewegungslos da, und hatte nichts zu tun, außer mir auszumalen, dass die Geister mich davon abhalten würden, zu dir zu gehen. Und wenn ich nicht gleich wieder an den Punkt kommen wollte, an dem ich mir vorkäme wie mit zehn, war das Einzige, das ich tun konnte, jetzt zu denen zu gehören, die am Flughafen ihren Laptop aufklappten, als hätten sie sonst keine Hobbys. Im Flugzeug saßen dann noch weitere Schlipsträgerinnen vor den Computern, bis einer der knackigen Stewards sagte, dass wir die Geräte jetzt bitte ausschalten sollten.

Das Flugzeug fing an zu dröhnen, und ich schloss die Augen, und dachte an den Bub, den ich im Büro gesehen hatte. Ich sagte ihm, es tue mir leid, dass ich schon wieder mit leeren Händen dagesessen sei. Ich wusste, dass er nicht zu viel verlangte. Das Einzige, was er wollte, war, nicht zu versumpfen. Darum nahm ich mir vor, ein für allemal das zu tun, das dafür nötig war, wie eben meinem Vater ein Buch zu klauen, oder am Gate den Laptop rauszuholen. Ich dachte, dass er das Recht hatte, auszurufen, wenn ich dasaß, und nicht wusste, was ich in den nächsten Wochen tun wollte, außer den Kaffee zu trinken, den ich gerade in der Hand hielt. Und darum sagte ich dann, dass wir uns zusammenreißen müssten. Ich sagte, dass du keine Freude an uns haben würdest, wir aber keine andere Wahl hätten, als es zu versuchen. *Sie muss sehen, dass wir es ernst meinen,* sagte ich, und meinte dich, Mira. *Wenn wir da sind, gehen wir zu ihr, und kaufen uns das weiße Buch!*

Bereits beim Landeanflug merkte ich, dass das mein Zuhause war, nicht die Schweiz, nicht Lindenau, und schon gar nicht die Wohnung, in der meine Mutter wohnte. Vielleicht würde ich tatsächlich mein Leben lang hierbleiben. Doch auch wenn ich nicht lange weggewesen war, hatte sich etwas verändert. Der Herbst schien angebrochen zu sein. Es war nicht mehr so heiß wie in der Schweiz. Und als ich beim Silaspark aus der Straßenbahn stieg, um zu deinem Laden zu gehen, waren einige Bäume bereits gelb, auch wenn vielleicht bloß die Trockenheit der Grund dafür war.

Eine Horde Kita-Kinder überquerte die Straße zum Park, da meldete sich der Knirps. Ich glaubte, dass ihm langweilig war, jedenfalls wollte er wissen, was die da machten. Ich sagte, dass sie an den *Silassee* gehen würden, einen Teich mit Bambus drumherum und einer japanischen Brücke darüber. Da habe es Karpfen, die so groß seien wie er selbst, sie seien vierzig Jahre alt, und sähen aus wie Großväter. Ich sagte, dass die meisten, die versucht hätten, sie zu fangen, selbst im Teich gelandet seien, und sie sowieso zäh seien wie Lederschuhe. *Darum schließt man besser Freundschaft mit ihnen. Wenn man das einmal geschafft hat, vergessen sie einen nie mehr,* sagte ich. *Wann immer man dann vorbeigeht, um Hallo zu sagen, kommen sie aus ihren Höhlen, und winken einem mit der Schwanzflosse zu.*

Das Schaufenster des Ladens sah anders aus als letztes Mal. Drin stand eine ältere Frau. Ich stieß die Tür auf, und sagte, *hallo*. Es überraschte mich, wie klein der Laden war, und dass die Bücher nicht alle nebeneinanderstanden, sondern auch quer oder flach auf dem Gestell lagen. Ich fragte, ob du da seist. Sie zögerte, als ob sie das nicht jedem dahergelaufenen Trottel verraten mochte, dann sagte sie, du hättest heute frei, du seist erst morgen wieder da. Dann schaute sie mich an, als ob sie sich zu erinnern glaubte, von mir gehört zu haben, und fragte, ob sie dir etwas ausrichten könne. »Ich glaube, ich komme einfach morgen noch mal vorbei. Sie haben nicht zufälligerweise das Gesamtwerk von Wolfgang Borchert da?« Sie schien zu befürchten, mich enttäuschen zu müssen, vergewisserte sich dann aber doch bei einem Regal, und sagte, wenn ich wolle, könne sie es bestellen, es würde morgen gegen Mittag da sein.

Draußen sagte ich dem Knirps, dass es eben nicht immer laufe, wie man es sich wünsche. Aber das war nicht, was er hören wollte. Ich schlug ihm vor, dass wir dir schreiben und mit dir reden könnten, egal, ob du wirklich da seist. Ich sagte, *wenn wir zurück sind, tischen wir ihr eine Geschichte auf. Wir schreiben Mira, dass wir beim Teich gewesen seien, und einen Fischer getroffen hätten, obwohl es verboten sei, da zu angeln. Wir sagen ihr, er habe seelenruhig auf einem Klappstuhl gesessen, ohne Angst zu haben, von der Polizei erwischt oder den Karpfen ins Wasser gezogen zu werden. Als wir ihn gefragt hätten, ob es nicht verboten sei, hier zu angeln, habe er gesagt, das sei Gewohnheitsrecht, er komme seit Jahren hierher.* Ich sagte ihm, dass wir dir schreiben würden, dass wir ihn gefragt hätten, ob man diese Karpfen überhaupt essen könne. Da habe er die Angel aus dem Wasser gezogen, an der ein Stein befestigt gewesen sei, und habe gesagt, dass er früher wirklich gefischt habe, im Kanal. Doch hätten ihn da ständig Betrunkene genervt, bis ihm zwei Mädchen den Kübel geklaut und die Fische befreit hätten, und er sich gedacht habe, dass jetzt damit Schluss sei. Er habe Fische zum Essen eh nie gemocht. Darum komme er seitdem hierher. Die Karpfen würden längst wissen, dass er ihnen nichts tue, und das wisse auch die Polizei.

Auf den Pflastersteinen der Blankstraße angekommen, fühlte es sich an, als würde tatsächlich nur noch ich da wohnen, als hätte niemand anderes mehr eine Verbindung zu diesem Ort, der doch jahrelang so legendär gewesen war. Das hier war nicht mehr die Straße, wo jeder zur Afterparty hingehen konnte, das hier war mein Wohnort, und irgendwie machte mich das glücklich. Erst recht überkam mich eine Ruhe, als ich das Treppenhaus betrat, wo die Stufen knarzten, und das Holz roch. Vielleicht konnte ich jetzt erst ein eigenes Leben beginnen.

Zu Hause stellte ich den Laptop auf das Tischchen im Wohnzimmer, und setzte mich auf die Couch. Es fühlte sich an, als wäre ich tatsächlich mit dem Bub am Silassee gewesen, und könnte dir nun davon erzählen. Ich dachte, dass mein Vater sein ganzes Leben so gelebt hatte, und fragte mich, wo er auf diese Weise wohl überall gewesen war. Ich fragte den Knirps, womit wir anfangen sollten, und klappte den Laptop auf. Aber er sagte nichts. Der Knirps war eingeschlafen. Ich lehnte mich zurück, und der Ventilator des Laptops summte leise. Ich sah, wie kleine Blätter auf dem Balkon herumwirbelten, wie sie die Glastür entlang rauf und über die Brüstung flogen. Ich hörte einen Lastwagen vorbeiholpern. Sonst war alles still.

Phasenverschoben

Als ich erwachte, war es schon spät. Bis ich bei deinem Laden sein würde, wäre Mittag, und das Buch hoffentlich da. Obwohl das Wetter nicht gut war, dachte ich, dass ich mein Rad aus dem Hof holen könnte. Es war ja im Grunde nur, dass der Knirps herumchauffiert werden wollte, und so fragte ich mich, wie ich es geschafft hatte, es so lange vor sich hinrosten zu lassen. Aber Eule hatte halt immer gesagt, wer sich die Zeit nicht nehme, zu Fuß zu gehen, kriege Verstopfungen. Und mit dem Dicken wurde es ja auch nie langweilig, da brauchte man auch kein Rad.

Es hatte vorne und hinten einen Platten, weshalb ich es zur Kemnitzallee schieben musste, wo ich es bei einem Laden aufpumpen konnte. Das nächste Problem war, dass die Kette rausflog, sobald ich aufhörte zu treten, und ich also immer weitertreten musste, bis ich an eine unüberwindbare Kreuzung kam. Da stocherte ich mit zwei Ästchen in den Kränzen herum, und hoffte, dass wenigstens der Kleine glaubte, dass ich die Sache im Griff hätte. Ich dachte, dass das eigentlich schon reichte für einen Tag, etwas Fahrrad zu fahren und sich über die nicht funktionierende Technik aufzuregen. Wenn ich mit meiner Mutter eine Fahrradtour gemacht hatte, zu einem Gartenrestaurant, wo außer uns nur Rentnerinnen und Modellflugzeugpiloten saßen, hatte mir das auch immer ausgereicht. *Das holen wir jetzt nach,* dachte ich. *Vielleicht kommt Mira ja mit, und wir fahren noch einmal an den See*. Wir mussten ja nicht da übernachten, wenn es zu langweilig wäre, sieben Stunden aufs Wasser zu schauen. Wir konnten ja Lichter mitnehmen, und durch den Wald nach Hause fahren, wann immer wir wollten. Und so versprach ich mir, das Rad baldmöglichst instand setzen zu lassen, weil das wohl das Mindeste war, was ich als Erwachsener tun konnte, *ihm* oder mir selbst gegenüber.

Vor dir kam ich mir aber wieder vor wie ein Zwölfjähriger, der dir die halbe Lebensgeschichte geschrieben hatte, sich *live* aber nicht traute, den Mund aufzumachen. Nicht gerade besser machte es, dass du so kalt reagiertest. Wahrscheinlich war es verständlich, dass es dich wütend machte, wenn ich plötzlich so tat, als wäre alles wieder gut. Doch wenn ich nicht hätte sagen können, dass ich ein Buch bestellt hätte, hätte ich kein Wort rausgebracht. Es war, als ob du in einer Blase stehen würdest, durch die wir uns nicht hören könnten. Es kam mir vor wie damals, als ich mich in *World of Warcraft* in eine Druidin verliebt hatte, die vielleicht ebenfalls in mich verliebt gewesen war, und in die alle verliebt gewesen waren, die mit ihr spielten. Wir hatten uns auf einem Grashügel in der Nähe des Gebietes verabredet, wo unsere Charaktere geboren worden waren. Es war Abend, man sah den Mond und die Sterne, und Büffel in der Prärie grasen. Ich wartete, und sauste mit meinem fliegenden Teppich herum, wir redeten im Sprachchat, bis sie fragte, wo ich bleiben würde, da auch sie längst da wartete. Wir waren zur selben Zeit am selben Ort, doch waren wir nicht *zusammen* da, sondern phasenverschoben auf verschiedenen Servern. Natürlich lachten wir darüber, und versuchten dann, uns genau an dieselbe Stelle zu stellen, und sagten, *bei diesem Stein, bei diesem Grasbüschel, genau dazwischen!* Und natürlich hätten wir den Mond und die Sterne und die Büffel anschauen, und miteinander reden können, da es ja eh keine Rolle spielte, da sie in Österreich und ich in der Schweiz saß. Aber irgendwie war die Romantik dann vorbei.

Nun war der einzige Moment, in dem ich spürte, dass du da warst, als du sahst, auf welchen Namen ich das Buch bestellt hatte. Es sah aus, als ob es dich erschrecken würde, meinen richtigen Namen zu kennen. Und es schien, als ob dir der *alte Held* lieber gewesen war. Dabei hattest du doch immer wissen wollen, wie ich heiße.

Held

Wem soll ich jetzt noch schreiben?

Nachdem ich Mira besucht hatte, schrieb ich ihr, und fragte, ob sie mit ihrem Buch vorankomme. Und ob sie mich jetzt hasse. »Nein, ich hasse dich nicht.« Als ich fragte, wie es in der Schweiz gewesen sei, schrieb sie nicht zurück. Ich verstand, dass sie nicht auf mich gewartet hatte, aber irgendwie glaubte ich, dass sie sich aus einem anderen Grund so verhielt, als dass sie einfach nur wütend auf mich war. Ich sagte, dass es mir leidtue, was ich getan hätte, und wollte wissen, ob sie am Abend Zeit habe. Sie sei bis halb sechs im Laden, sagte sie, danach wolle sie ins Yoga. »Sorry, aber es ist gerade viel los. Am Wochenende geht es vielleicht.« Sie konnte ja nicht wissen, dass ich bei meiner Mam gewesen war, und sich etwas verändert hatte. Vielleicht konnte ich sie im Yoga besuchen, um ihr zu zeigen, dass ich es ernst meinte, dass ich mich auf sie einlassen wollte.

Das *Studio O* lag in einem Hinterhof in der Schwerinstraße, in dem drei Typen auf einer Treppe saßen, und kifften. Ich ging über ein dunkles Treppenhaus in den zweiten Stock, wo dreißig Paar Schuhe vor der Tür lagen. Drin lief indische Musik, ein älterer Mann begrüßte mich, und fragte, ob ich das erste Mal da sei, und ob ich *Kundalini* kennen würde. Er sagte, es sei ganz einfach, ich müsse nur wissen, das heute sei kein Yoga, sondern eine Meditation. »Nur, damit du nicht enttäuscht bist.« Ich legte fünf Euro in ein Körbchen, zog kurze Hosen an, und ging mit ihm als Letzter rein. Er zeigte auf ein freies Kissen in der hintersten Reihe, wo ich mich setzen konnte. Alle anderen saßen schon da. Mira saß zwei Reihen vor mir, und schaute geradeaus, obwohl der Mann gleich neben ihr stehen blieb, und uns begrüßte. Er erklärte, dass wir uns eine Viertelstunde schütteln, eine Viertelstunde tanzen, eine Viertelstunde sitzen, und schließlich eine Viertelstunde liegen würden. Dann ließ er elektronische Musik spielen, und alle standen auf, und begannen zu hüpfen. Und natürlich war mir das peinlich. Aber dann sah ich die anderen, und wie ernst es ihnen war, und dass sich niemand schüttelte, wie das Schauspielerinnen in Komödien machen würden, sondern sich alle einfach schütteln *wollten*.

Ich schloss die Augen, fing an zu hüpfen, und kontrollierte alle paar Sekunden, ob ich nicht etwa noch der Einzige war, der das tat. Und immer wenn ich sie schloss, hatte ich das Gefühl, dass mich jemand beobachtete. Obwohl ich in der hintersten Reihe stand, schien es allein mir nicht egal zu sein, wie ich ausschaute. Ich stellte mir vor, wie mein Gesicht aussah, wenn ich hüpfte, und wie die Arme an mir zappelten wie an einer Puppe. *Gell, bei den anderen hättest du es lustiger,* sagte ich zum Knirps, denen sei es egal, was die anderen denken würden. Er müsse Geduld haben, ich sei es nicht gewohnt, darauf zu scheißen, wie ich aussähe. *Aber wart nur: Die Schlechtesten werden am Ende die Besten sein!* Ich versuchte, mich zu entspannen, und achtete darauf, wie mein Gesicht schlaffer wurde und bei jedem Aufprall nach unten rutschte, und wie die Ohren und der Bauch und die Brustwarzen mithüpften. Ich schwitzte und schnaufte, und der Kleine wollte, dass ich immer weitermachte.

Irgendwann erlöste mich ein Gong, und es spielte Pop. Ich sah die Leute, wie sie mit geschlossenen Augen herumzuwirbeln begannen. Ich versuchte, mich in Bewegung zu bringen, und als mich der Knirps aufforderte, *richtig* zu tanzen, sagte ich ihm, dass wir hier nicht die Einzigen seien, und ich mit jemandem zusammenstoßen könnte, wenn ich nicht aufpasste. Dann fing ich doch an, mit den Armen zu schwingen, und hoffte, dass ich niemandem ins Gesicht schlug, bis ich irgendwann wirklich tanzte, und zwar nicht in meinem guten alten Technostil, sondern eher wie die Leute, die wir früher immer ausgelacht hatten. Das ging so, bis ein Mantra singender Mann ertönte, und die Leute sich setzten. Ich war froh, verschnaufen zu können, und das Tanzen hatte glücklicherweise auch den Kleinen müde gemacht, denn plötzlich saß nur noch ich da, als erwachsener Mensch. Ich versuchte zu atmen, wie Mira es mir gezeigt hatte, in den Unterbauch, die Mitte, die Brust, und fragte mich, ob es Zufall war, dass wir zuerst getanzt hatten, und uns nun hinsetzen mussten. Vielleicht musste das sein, damit alle Knirpsinnen und Knirpse einschliefen, und wir nun in Ruhe dasitzen konnten.

Nachdem wir die letzte Viertelstunde auf dem Boden gelegen hatten, verkündete der Mann, dass wir drei gemeinsame *Oms* singen würden. Dann bedankte er sich. Ich machte die Augen auf, Mira drehte sich zu mir um, und sah mich direkt an. Erst nach einer Weile realisierte sie, dass ich es war, und dass ich wahrscheinlich schon die ganze Zeit dagesessen hatte wie ein Creep. Sie erschrak, und wurde wütend, und fragte, was ich da mache, und ging, ohne auf eine Antwort zu warten, an mir vorbei. Als ich sie in der Garderobe fragte, ob ich sie nach Hause begleiten könne, sagte sie, sie habe sich auf einen ruhigen Abend eingestellt. »Vor allem musst du nicht denken, dass du mich aufgabeln kannst, wann immer es dir gerade passt.« Also sagte ich, dass ich sie wirklich nur begleiten wolle, und sie mich dann nach Hause schicken könne. »Es wäre ja nicht das erste Mal, dass du mich beim Wort nehmen würdest.«

Wir kamen in den Hof, und ich sagte, dass ich es mir noch mal überlegt hätte mit ihrem Buch. »Ich glaube, dass ich einen Scheiß gesagt habe.« Aber sie wusste nicht, wovon ich redete. »Ich glaube inzwischen, dass es nicht so einfach ist, dass die Mutter den Sohn einfach liegen lassen und für sich schauen kann. Und dass sie das darum vielleicht gar nicht will.« – »Und wie bist du jetzt darauf gekommen?«, fragte sie. »Ich weiß nicht. Ich habe mir nur überlegt, dass ihr der Sohn vielleicht zu wichtig ist, als dass sie ihn allein lassen will.« Dann sagte sie, sorry, aber sie sei inzwischen an einem *ganz anderen Ort*. Und ich sagte, das sei mir eben nur durch den Kopf gegangen, das sei alles.

Wir kamen beim alten Rathaus vorbei, und ich sagte, hier käme ich mir immer vor wie auf dem Land, als hätte die Stadt alles einnehmen können, außer dieses Rathaus da. »Es sieht da aus wie im Mittelalter. Und alles rundherum ist modern.« – »Und warum kommst du dir dann vor wie auf dem *Land?*« Vielleicht sei das das falsche Wort, sagte ich. Vielleicht sei *Provinz* besser. »Tut mir leid«, sagte sie, »aber ich habe keine Ahnung, was du mir sagen willst.« Wir überquerten die Straße zum Kaufhaus, und ich fragte sie, wie es in der Schweiz gewesen sei. Sie sei nicht in der Schweiz gewesen, sagte sie, sie sei hiergeblieben, sie habe *danach* keine Lust mehr gehabt, in die Schweiz zu fahren. Ich sagte, dass *ich* dafür hingefahren sei, und sie blieb stehen, und schaute mich an, als hätte sie nicht richtig gehört. Ich war davon ausgegangen, dass sie ahnen und Freude haben würde, dass ich in der Schweiz gewesen war. Aber das hatte sie nicht. »Ich muss das jetzt nicht verstehen, oder?« Ich sagte, dass sie recht gehabt hätte, und ich irgendwann hätte zurückgehen müssen. »Aber das musste ich allein.« – »Das habe ich gar nicht gesagt«, sagte sie. »Mit mir hat das doch nichts zu tun. Übrigens sind wir jetzt dann da.«

Wir bogen in eine Seitenstraße ein, wo zwei Kinder schreiend zwischen geparkten Autos hindurchrannten. Der Vater kam aus dem Haus, rief etwas auf Türkisch, die Kinder riefen zurück, dann lachte er uns an. »Es tut mir wirklich leid, dass ich dich stehen gelassen habe«, sagte ich. Sie nickte, und hielt vor ihrer Tür an. Das sei nicht das Problem, sagte sie. Ich hätte bestimmt meine Gründe gehabt. Aber sie sei neu hier, und wisse überhaupt nicht, was sie da mache. »Das muss ich auch alleine herausfinden. Mit dir geht das nicht.« Dann kramte sie in ihrer Tasche, und versuchte nicht zu weinen, bis sie nach einer Ewigkeit den Schlüssel gefunden hatte. Sie machte die Tür auf, sagte, ihr tue es auch leid, und verschwand durch einen kleinen schwarzen Spalt.

Dann stand ich da, und der Himmel über mir war hellblau, und die Wolken orange von der Abendsonne. Ich sah, wie sie langsam hinter den Blättern der Bäume vorbeizogen, und fing an zu heulen. Auch wenn ich mir nichts mehr wünschte, als mit der *echten* Mira reden zu können, war das Erste, das ich dachte: *Wem soll ich denn jetzt noch schreiben?* Der Knirps bekam Angst, weil ich plötzlich dastand, ohne Plan. Ich ging zurück zum Rathaus, wo ich auf die U-Bahn für nach Hause wartete. Ich fragte mich, warum ich geglaubt hatte, dass es eine gute Idee war, mein Leben, nachdem ich es Eule erzählt hatte, Mira zu erzählen. Wahrscheinlich hatte ich ihnen geschrieben, weil ich mir selbst nicht zugehört hätte. Ich schaute an die gekachelte Bahnhofswand, und hinter mir schrie ein Kind, und neben mir hielt sich eine Frau genervt die Ohren zu. Ich hatte doch getan, was ich tun musste. Ich hatte mich doch von den Geistern befreit. Und ich hatte uns schon an die Karibikküste fliegen sehen, oder dahin, wo Miras Protagonistin hinwollte mit ihrem Sohn. Ich hatte mich schon an den Strand projiziert, und wie sie mir vom Meer her zurief, während mich das Glitzern des Wassers blendete. Aber jetzt stand ich hier, im kühlen Luftzug, und durfte den Knirps nicht fallen lassen. Ich sagte, er müsse keine Angst haben. Wir würden es auch ohne sie schaffen. *Wir brauchen niemanden, außer uns selbst.*

Für immer auf Sendung

Die nächsten Tage erwachte ich jeweils mit dem Gefühl, das ich die letzten Jahre jeden Montag gehabt hatte, wenn ich nach einer Party erwacht war. Doch anstatt mich im Bett zu wälzen, und mir einzureden, dass nichts passiert war, setzte ich mich ans Pult, und las im weißen Buch. Ich musste oft an meinen Vater denken, und wie er dieselben Geschichten gelesen hatte. Und als ich am fünften oder sechsten Tag da angekommen war, wo ein Mann am Grab seines Freundes steht, und das Foto gesteckt hatte, fragte ich mich, wie es dazu hatte kommen können, dass ich jetzt jeden Tag dasaß wie er damals. Ich dachte, dass es vielleicht doch keine blanke Lüge gewesen war, hierherkommen zu wollen, um zu studieren. Vielleicht hatte etwas in mir die Wahrheit gesagt, auch wenn ich das nie wahrhaben wollte. Ich hatte mich immer dagegen gewehrt, diesen Weg zu gehen, aber jetzt drängte er sich endgültig auf. Die Zeit, in der ich Kolumnen für ein Partymagazin schrieb, und Plakate an Wände kleisterte, war vorbei. Ich würde zwar weiterhin Nachhilfe geben können, und vielleicht sogar damit aufhören, jede zweite Anfrage *aufgrund zu großer Anfrage* abzulehnen, aber ich würde das nicht mein Leben lang tun wollen. Und vielleicht war es dann, dass ich mich fühlte wie vor neun Jahren, als ich am Tag des

Studienbeginns nachgeforscht hatte, was ich als Germanist überhaupt werden konnte, dass ich schließlich da weitermachte, wo ich aufgehört hatte, und die Seite der *Freien Universität* besuchte.

Tatsächlich überkam mich der gleiche Widerwille wie damals, mit dem Unterschied, dass mir die Vorstellung, an die Uni zu gehen, keine Angst mehr machte. Ich schaute mir das Veranstaltungsverzeichnis an, und sah, dass Professor Schipper immer noch da arbeitete. Ich hatte gedacht, dass er tot war, weil ich wohl gedacht hatte, dass alle Menschen im Alter meines Vaters tot sein müssten. Aber er hielt an jenem Nachmittag eine Vorlesung mit dem Titel *Schuld in der Nachkriegsliteratur*. Und da meine Unikarriere schon mal so begonnen hatte, dass ich unangemeldet in ein Seminar gegangen war, dachte ich, dass das ein guter Anfang sein könnte.

Der Saal war kleiner als erwartet. Viele mussten auf der Treppe Platz nehmen, oder vorne am Boden sitzen. Ich wusste nicht, ob das hier normal oder ob Schipper besonders beliebt war. Als er mit einer Studentin redend eintrat, erinnerte ich mich, wie er immer ausgesehen hatte. Er fasste zusammen, was sie das letzte Mal angeschaut hatten, und sagte, dass es diesmal darum gehen würde, was man als *Scham* über *die deutsche Sprache* bezeichnen könnte. Dann zeigte er uns Beispiele von Autorinnen und Autoren aus der Nachkriegszeit, die sich gescheut hätten, in der *Sprache der Verbrecher* zu schreiben. Er verglich die Texte mit einem Gedicht eines südamerikanischen Dichters, der seine Liebe zur deutschen Sprache offen zeigte, und sie zur selben Zeit als *intime Musik* beschrieb. Ich sah Schipper und die Leute, und wie sie sich Notizen machten, und fragte mich, ob das mein Alltag sein könnte. Ich hatte in den letzten Jahren ein so anderes Leben gelebt, und jetzt kam ich mir vor wie damals als Schüler, als ich dasaß wie ein Student, und doch immer wusste, dass etwas faul daran war.

In der Pause sah ich, dass Michalski mir auf die Mailbox geredet hatte. Er fragte, ob Heini etwas Weltbewegendes gesagt habe, und erinnerte mich an den Redaktionsschluss diesen Abend. Dann wollte er wissen, wie es mir eigentlich gehe, und wo ich mich so herumtreiben würde. Ich hatte ganz vergessen, ihm zu sagen, dass aus dem Interview nichts geworden war. Es wäre kein Problem gewesen, die Seiten aus dem Heft zu streichen, aber dafür war es jetzt zu spät. Das Erste, das mir durch den Kopf ging, war, mich einfach aus dem Staub zu machen. Doch war ich meinem Chef und dem Strom und mir selbst einen würdigeren Abgang schuldig. Heini doch noch zu erreichen, und seinen Stuss aufzuschreiben, schien keine Option mehr zu sein. Die einzige Möglichkeit war, einen Ersatz zu suchen. Es würde nicht das erste Mal sein, dass ich einen anderen Text ablieferte, als abgemacht gewesen war. Michalski hatte mir immer verziehen, und er würde mir auch diesmal verzeihen. Doch fragte ich mich, ob ich über*haupt* jemals wieder über etwas würde schreiben können, das ins Heft passte.

Schipper sprach derweil über einen Autoren, der den Holocaust überlebt und ein Buch geschrieben hatte mit dem Titel: *Ist das ein Mensch?* Er sagte, dass im italienischen Original kein Fragezeichen stehe, und er darum jahrelang für einen anderen Titel gekämpft habe, der korrekterweise lauten sollte: *Wenn das ein Mensch ist*… Ich sah Schipper, und dachte, dass er das Gegenteil war von Heini. Er machte keinen Hehl daraus, dass er alt war, und man sah ihm an, dass er sich Sorgen machte um die Welt. Er wäre der Erste in der Geschichte des *Stroms,* der wirklich etwas zu sagen hätte. Gleichzeitig war er der Einzige, bei dem ich jemals befürchtet hatte, dass er eine Anfrage aus Bescheidenheit ablehnen könnte. Vor allem wusste ich nicht, ob ich überhaupt in der Lage wäre, darüber zu schreiben, was er zu erzählen hätte.

Nach der Vorlesung ging ich zu ihm an den Tisch. Er ordnete seine Sachen, und bemerkte mich nicht, bis ich *Herr Schipper* sagte, *ich* sei es, der Sohn von Heinz. Er schaute mich verwirrt an, und sagte, *tatsächlich.* Ich sagte, ich hätte ein Problem, ich sei da, um spontan für ein Interview anzufragen. Leider müsse es bereits heute Abend fertig sein. Ich kam mir vor, als hätte ich das noch nie gemacht. Und er lachte, als könnte nichts so dringend sein, dass man sich davon aus der Ruhe bringen lassen müsste, und sagte, dass ich doch erst einmal in sein Büro kommen solle. Da gebe es Kaffee, und wenn wir Glück hätten, Kekse.

Als wir uns gesetzt hatten, erklärte ich ihm noch einmal die Situation. Er schien noch immer nicht zu verstehen, was das für ein Heft sein soll, und warum ausgerechnet er dafür angefragt wurde. Vor allem wollte er zuerst mal wissen, wie es mir und meiner Mutter gehe. Das sei schon eine *schaurige* Tragödie, was mit Heinz passiert sei. »Umso mehr freut es mich, Sie nun leibhaftig dasitzen zu sehen. Sie haben den gleichen forschenden Blick. Und seine Ungeduld, wie mir scheint!« Er lachte, und ich sagte, das könne sein, und kam mir unglaublich klein vor. »Also ...«, sagte er dann. »Wenn ich Ihnen behilflich sein kann, werde ich mein Bestes geben.«

Als ich wie üblich mit der Frage begann, was er als Kind habe werden wollen, sagte er: »Auf jeden Fall nicht Literaturwissenschaftler.« Das sei so gekommen, weil sein Vater schon *so einer* gewesen sei. Als ich wissen wollte, was ihn denn, wenn schon nicht dazu gebracht, doch aber ein Leben lang dabehalten habe, sagte er, *die Geschichte,* und seine Stimme schien sich plötzlich zu verändern. »Was im Zweiten Weltkrieg in Deutschland passiert ist, war der Grund, warum ich letztlich eine Doktorarbeit schrieb.« Für ihn seien die Literatur und die Geschichte immer untrennbar gewesen. »Was denken Sie, macht das mit der Kunst eines Landes, wenn so etwas passiert wie damals? Es war nicht nur Elend, sondern eben auch Scham, die die Leute prägte. Darüber haben wir ja heute ein wenig gesprochen.« Die Scham habe es vielen verunmöglicht, über das zu schreiben, was in ihnen vorgegangen sei. Sie habe letztlich bestimmt, mit welchen Themen es angebracht gewesen sei, sich zu befassen. »Ein Liebesgedicht war nicht mehr das, was es davor gewesen war. Und vielleicht ist es das immer noch nicht.« Schipper redete langsam, und er redete lange, und mit jedem Satz wuchs meine Sorge, daraus einen Text machen zu müssen. Natürlich hatte ich vieles über den Zweiten Weltkrieg gehört, doch hatte ich nichts davon erlebt, war nichts für mich beschreibbar. Umso mehr achtete ich darauf, alles genau aufzuschreiben, was er sagte.

Als ich mir nicht noch mehr aufladen konnte, ohne den Faden zu verlieren, sagte ich: »Ich glaube, das reicht.« Es schien ihm peinlich, so viel geredet zu haben, und er schaute auf die Uhr, als wäre er aus dem Tiefschlaf aufgewacht. Ich sagte, dass wir noch ein Foto machen müssten, und er sagte, *ja*. Dann stand er vor seiner Bücherwand, ein Augenbrauenhaar stach ihm ins Auge, und ich drückte ein paar Mal ab. »Was machen Sie eigentlich in Berlin?«, fragte er dann. Und ich erzählte ihm vom Strom, und dass ich mir überlegen würde, doch noch Literatur zu studieren. Dann verabschiedeten wir uns, und er sagte, dass es ihn freuen würde, mich hier wiederzusehen. »Und grüßen Sie bitte Ihre Mutter von mir.« Dann ging ich durch die Flure, die Treppen runter nach draußen, und dachte, *ich kann das nicht.*

Ich hatte mich beim Strom oft aus dem Fenster gelehnt, und immer hatte ich gedacht, dass ich das schon hinkriegen würde, und immer hatte ich es hingekriegt. Darum mochte ich die Arbeit, und darum mochte Michalski mich. Mein Trick war es immer gewesen, mir so viel Zeit für die Gespräche zu nehmen, dass oftmals erst, wenn ich selbst fast vergessen hatte, warum ich eigentlich da war, die wirklichen Geschichten herauskamen. Aber Schipper hatte nichts über sich und sein Leben erzählt. Er hatte über sein Forschungsgebiet gesprochen, das *war,* wer er war. Er lebte, wie schon sein Vater, ein *Leben für die Wissenschaft*. Über ihn zu schreiben, bedeutete, über sein Fach zu schreiben. Ihn in den Vordergrund zu stellen, war nicht möglich, und das war vielleicht auch der Grund, warum normalerweise nur selbstverliebte Idiotinnen und Idioten im Heft landeten. Aber ich konnte Schipper doch nicht rausschmeißen, nur weil er *kein* Idiot war. Auch wenn ich einzig und allein über ihn sagen konnte, dass er in seinen Themen aufging, ja nahezu darin *verschwand*, hatte er ja mehr zu sagen gehabt als alle davor. Es war nur, dass ich Angst hatte, über etwas zu schreiben, das nicht zum Lachen war, und nicht wusste, ob ich überhaupt über etwas schreiben konnte, das keinen Spaß machte.

Im Treppenhaus zur Redaktion dachte ich, dass das vielleicht das letzte Mal war, dass ich da hochstieg. Michalski, die Kirsch und ein Praktikant, den ich noch nie gesehen hatte, saßen an ihren Plätzen, ohne mich zu bemerken. Ich dachte, dass das Bild immer gleich ausgesehen hatte, und sich hier wahrscheinlich nie etwas verändern würde. Auch wenn auf *online* umgestellt worden war, und das Heft nur noch monatlich gedruckt wurde, sah es hier immer noch aus wie zu der Zeit, als ich angefangen hatte. Michalski saß in Lederjacke da, und als ich mich neben ihn stellte, und sagte, dass das Interview mit Heini nicht geklappt habe, war ich mir nicht sicher, ob er mir überhaupt zuhörte. Er schloss das Layoutprogramm, sah mich an, und sagte, es sei schön, mich zu sehen. Er müsse eben leider gleich los. Ich solle doch die Kirsch über den Text schauen lassen, und ihn dann selber freigeben, der Rest sei bereits im Druck. Er fuhr den Computer runter, und fragte, ob ich mal Zeit hätte für einen Kaffee, und ich sagte, *ja, das wäre gut*.

Normalerweise schaute ich nicht auf meine Notizen. Ich war ja da gewesen, und hatte die Person ja erlebt, und darum dachte ich immer, dass ich ihr gerechter würde, wenn ich sie nicht an etwas aufhinge, das ihr irgendwann rausgerutscht war. Ich begann dann meist mit einem *neuen* Gespräch, als würde ich mit einer Person reden, die über die eigentliche sprach. Und das führte dazu, dass etwas zum Vorschein kam, das ich davor nur erahnt hatte. Oft war es gar das Gegenteil von dem, was auf den ersten Blick auffällig gewesen war. Ich hatte schon den Text über den *Kleinsten Star der Welt* aus der Not heraus so geschrieben, und hatte die Methode beibehalten, weil mir die Leute oft erst dadurch sympathisch wurden. Zudem fand ich es langweilig, einfach aufzuschreiben, was ich mir notiert hatte. Glücklicherweise beklagte sich am Ende kaum je jemand, dass das Gespräch anders rausgekommen war, als wir es gehalten hatten. Und Michalski waren meine Methoden egal. Aber diesmal funktionierte das nicht. Schipper hatte ausschließlich über die Auswirkungen der Nazis auf die Literatur gesprochen. Das Thema war keines, das als Vorwand zu einem Porträt dienen konnte. Darum hatte ich keine andere Wahl, als zum ersten Mal in meinem Leben ein Gespräch tatsächlich zu *transkribieren*.

Ich setzte den Titel, *Ein Leben für die Wissenschaft,* und fragte mich bereits bei der zweiten Frage, wie jemand etwas lesen sollte, das mich beim Schreiben selbst so langweilte. Auch wenn Schipper von dem, was er erzählt hatte, sichtlich berührt gewesen war, ging nun jedes Zittern seiner Stimme in den Tatsachen unter. Ich fragte mich, warum ausgerechnet sein Text so leblos sein würde, wo er doch der Erste gewesen war, der etwas zu sagen gehabt hatte. Ich dachte, dass ich mir doppelt Mühe geben musste, wenn ich ihm gerecht werden wollte. Es war nun wohl, wie alle immer sagten, dass nicht alles immer lustig sein konnte, und ein Gespräch über Nazis eben nicht dafür da war, um Spaß zu machen. Es war, dass ich für einmal etwas tun musste, das kein *magisches Erlebnis,* sondern das war, was ich zu tun hatte. Ich musste erwachsen werden, wie alle Menschen auf der Welt. Also schrieb ich das Interview auf, kürzte und überarbeitete es, und füllte es in die Maske ein. Dann holte ich mir eine Zigarette aus Michalskis Schublade, und ging über die Stiege rauf auf die Terrasse.

Es war ein wolkenloser Herbsttag, und die Sonne ging bald unter. Ich schaute zum Bürogebäude gegenüber, und dachte, dass ich wohl das letzte Mal da oben stand. Michalski würde mir zwar verzeihen, doch würde er keine weiteren Köpfe wie Schipper im Heft haben wollen. Vielleicht war das aber genau, was ich nun tun musste: über Leute schreiben, die etwas zu sagen hatten, das nicht einfach nur zum Lachen war. Zu lange hatte ich über Leute geschrieben, die sich zu schade dafür waren, sich Sorgen um die Welt zu machen.

Ich zündete mir die Zigarette an, und schaute auf die Krähennester unter mir. So oft hatten wir da gestanden, und aus einer zwei, und aus zwei drei gemacht. So oft hatte ich deswegen bis spät im Büro bleiben müssen, während Eule der Erste war, der Feierabend machte mit den Worten, ich solle doch später *dazustoßen*. Auf dem Gebäude gegenüber hing eine Plakatwerbung, auf der das Meer und ein Vulkan zu sehen war. Ich wusste nicht, ob es diesen Vulkan wirklich gab, weil er aussah wie aus Zeiten der Dinosaurier. Aber ich stellte mir vor, wie man da oben auf der Kante säße. Da oben müsste man sitzen, und die Beine baumeln lassen, und warten, bis er ausbrechen würde. Ich dachte, dass ich mich in den Dschungel schießen ließe, irgendwohin, wo es warm wäre, auf eine Baumkrone, neben einen Wasserfall, wo ich in *World of Warcraft* mit meinem fliegenden Teppich gelandet war. Ich schaute runter über das Geländer, und dachte, wenn ich mich jetzt fallen ließe, würde ich da landen. *Wenn ich jetzt springe, fliege ich davon wie Eule.* Ich dachte, dass er bewiesen hatte, dass man das konnte. *Anstatt sich als Drucker der Aldizeitschrift anstellen zu lassen, fliegt er jetzt mit Rentieren durch die Luft!* Ich schaute zur Straße, wo Leute in Anzügen standen, und dachte: *In fünf Sekunden wäre ich im Paradies.*

Dann weiß ich nicht, wie das kam. Zuerst war es nur ein Gefühl, als ob plötzlich alles egal wäre, und die Zeit ewig, und ich unantastbar. Dann war es vielleicht, weil die Krähen zu krähen begannen, und ein Bus unten durchbrummte, dass ich mir nicht sicher war, ob ich mir alles nur einbildete, doch dann hörte ich ihn deutlich. Er sagte: *Wenn du hier wegwillst, kannst du ruhig auch die Treppe nehmen.* Ich sah Rauch von den Kaminen aufsteigen, und konnte nicht glauben, was ich gerade gehört hatte. Es war Eule. Ich lief runter ins Büro, um eine zweite, dritte und vierte Zigarette zu holen, als wäre das das Mindeste, was ich ihm anbieten konnte. Ich glaubte, dass wir viel zu quatschen haben würden. Aber dann standen wir einfach da, und rauchten, bis die Sonne untergegangen war, und die Sterne zu leuchten begannen. Als ich fragte, wo er die ganze Zeit gesteckt habe, sagte er: *Na, hier, wo denn sonst? Das solltest du doch eigentlich wissen, Heldi.*

Als ich zurück ins Büro kam, waren alle weg, und das Licht gelöscht. Ich setzte mich an meinen Platz, und schaute mir an, was ich geschrieben hatte.

Herr Schipper, Sie haben sich ein Leben lang mit der Schuldfrage in der Literatur beschäftigt. War es unangebracht, in der Nachkriegszeit Romane zu schreiben? Wird es überhaupt jemals angebracht sein, sein Leben mit Schreiben zu verbringen, oder sind Romane grundsätzlich Werke von Egoistinnen und Ignoranten?

Ich saß da, und dachte: *Ich will mich doch nicht umbringen.* Wenn ich nicht Literaturwissenschaftler werden musste, wollte ich leben. Ich machte das hier ja nur dem Knirps zuliebe. Ich wollte ihm ja nur ein guter Vater sein. Aber was brachte mir das, wenn ich selbst todunglücklich war? Es musste sich doch einrichten lassen, für ihn da zu sein, ohne mich gleich vom Dach stürzen zu wollen. Ich wollte doch nur nicht über etwas schreiben, von dem ich keine Ahnung hatte. Ich wollte nur nicht ständig daran denken müssen, was andere darüber dachten. Und war es dem Knirps denn nicht egal, was ich schrieb? *Ich könnte über die Karpfen schreiben, und dir wäre das gleich,* dachte ich. *Ich könnte über meinen Vater schreiben, wie er von Hand Bäume umstieß, und sagte, ich könne das auch. Ich könnte über meine Mutter schreiben, und wie sie als Kind am Fenster stand, den Mond anschaute, und sich schwor, sich einmal am Meer den Bauch bräunen zu lassen. Ich könnte über mich schreiben, und wie ich mich nicht traute, die Ziegelei zu betreten, wo mein bester Freund auf mich wartete. Und natürlich könnte ich über ihn selbst schreiben, den alten Fettwanst.* Waren wir ihm nicht einen Nachruf schuldig, der selbsternannte *Hebamme* dieses Hefts gewesen war? Schuldeten wir ihm keine Erinnerung, der uns so oft zum Tanzen gebracht hatte? Es hatte keine Beerdigung gegeben, weil er nicht gewollt hätte, dass man um ihn heulen würde. Also war er plötzlich einfach weg. Aber das durften wir ihm doch nicht durchgehen lassen!

Ich zögerte, als mir der Gedanke kam, das Interview zu löschen, und das *Leben für die Wissenschaft* durch ein anderes zu ersetzen. Was Schipper tat, war doch mindestens so wichtig wie das, was Eule getan hatte. Sich um die Probleme zu kümmern, war doch mindestens so wichtig, wie für die Leichtigkeit auf der Welt zu sorgen. Aber ich konnte nicht über den Nationalsozialismus schreiben. Das war nicht meine Art, und würde niemals meine Art sein. Aber gab es denn keinen anderen Weg, um Schipper Gehör zu verschaffen? Musste es sein, dass Eule ihn jetzt verdrängte, wie mein Versprechen, dem Knirps ein guter Vater zu sein, Eule in mir verdrängt hatte? Musste etwas, das Freude machte, belanglos sein, oder war es nicht eher, dass man sich erst *wirklich* freuen konnte, wenn etwas auch wirklich wichtig war?

Eule, vor einem Jahr haben Sie sich als langjähriger Drucker entschieden, beim Strom zu kündigen, um im Lappland den Weihnachtsmann zu suchen. Hat sich die Reise gelohnt?

»Also, erstens will ich mal klarstellen, dass *mir* gekündigt *worden* ist, und mir wahrscheinlich niemand dieses Scheiß-Ladens auch nur eine einzige Träne nachgeweint hat. Was die Öffentlichkeit angeht, dürfte es erst recht niemanden interessiert haben, wer genau den Drucker bediente. Ich habe ja auch nie verstanden, wie man drauf sein muss, um etwas über Techno *lesen* zu wollen. Wir haben das doch nur aufgezogen, weil wir Kohle brauchten. Ihr könnt also ruhig aufhören, euch diesen Schrott zu kaufen.«

Es war also eine aus der Not geborene Idee, an den Nordpol zu reisen?

»Nein, natürlich nicht. Ich wusste schon im Kindergarten, dass ich das tun würde. Ich hatte das schon immer in der Hinterhand, auch wenn mir nie jemand glaubte. Dabei ist das ja offensichtlich das Beste, das man tun kann. Eigentlich müssten doch Millionen Leute da sein.«

... Tatsächlich sind Sie aber allein?

»Wir sind ein kleines Team.«

Es muss kalt und dunkel und einsam sein, da oben. Zudem glauben die Wenigsten an den Weihnachtsmann. Hat es sich dennoch gelohnt?

»Ich bin kein Unternehmer, ob es sich *gelohnt* hat, kann ich nicht sagen. Besser, als bei euch in der Bude zu stehen, und Druckerfarbe nachzufüllen, ist das hier allemal. Auch wenn die Alte nicht so nett ist, wie ich mir das vorgestellt habe. Eigentlich ist sie sogar ziemlich grantig, wenn man mich fragt.«

Sie?

»Mhm.«

Dürfen wir hoffen, dass Sie irgendwann wieder zurückkommen werden?

»Versteht mich nicht falsch, ich vermisse euch, auch wenn ihr mir gegen Ende nur noch auf den Sack gegangen seid. Aber auf den Zirkus habe ich keine Lust mehr. Trotzdem hätte ich nichts dagegen, mal wieder eine Rakete am Himmel zu sehen. Manchmal befürchte ich, dass ihr da unten vergesst, worum es denn eigentlich geht.«

Worum geht es denn eigentlich?

»Um euch, ihr Gurken. Dass ihr euch nicht so ernst nehmen und euch nicht für irgendwelchen Quatsch abquälen sollt.«

Und wenn es nicht anders geht? Wenn man sieht, wie wir unsere Welt kaputt machen, und Nazis durch die Städte ziehen? Was bleibt uns da anderes übrig, *als uns abzuquälen?*

»Ihr sollt nur nicht vergessen, ab und zu an den Nachthimmel zu schauen, das ist alles. Wenn ihr Glück habt, fliege ich gerade vorbei, und lasse euch was da. Und wenn euch dabei einfallen sollte, dass ihr keine Lust habt, auf einer Müllhalde zu leben, während andere nur von eurem Müllhaldeleben träumen können, schafft ihr es ja vielleicht auch, euren Arsch hochzukriegen, und etwas zu machen auf der Welt. Aber das passiert natürlich nicht, wenn man Sterne nur aus Produktebewertungen aus dem Onlinehandel kennt.«

Wir sollen uns den Himmel anschauen?

»Ach, trefft euch doch einfach wieder mal auf eine Runde Techno, das ist alles.«

Ich dachte, dass ich schon lange nicht mehr getanzt hatte. Und dass ich wohl nicht der Einzige war, dem es so ging.

Und dass es doch nicht so schwierig sein konnte, eine kleine Rakete zu starten, bevor alle anfingen, zu Kakteen zu werden. Vor allem dachte ich da an Eule selbst. Er hatte es ja wohl am ehesten nötig! Also sagte ich ihm, dass er seine Kutsche am Sonntag zu mir an die Blankstraße fahren solle. *Wie in den guten alten Zeiten!* Darauf war es still. Ich hörte ein Räuspern oder etwas in der Leitung, der Polarwind oder das grantige Brummeln der Weihnachtsfrau. Und ich sah ihn vor mir, als wäre ihm eine Schneeflocke ins Auge geflogen oder zwei. Dann fragte er, ob das denn so etwas wie eine Abschlussparty werden solle. *Euli, wo denkst du hin?* Ich sagte, er habe es sich doch gewünscht, bis ans Ende aller Tage herumzusausen, und Geschenke zu verteilen. *Dann werden wir dich doch wohl ab und zu als Ehrengast herbeirufen dürfen! Wenn du dir einen Ruhigen gewünscht hättest, hättest du dir das anders einfädeln müssen, mein Kumpel.*

Dann kramte ich ein altes Bild von uns hervor, als wir eines der letzten Male zusammen auf dem Sofa gesessen hatten, an einer unserer letzten Afterpartys. Wir hatten den Leuten zugeschaut, als würden wir fernsehen. Ich hatte gesagt, ich könnte für immer auf diesem Kanal bleiben, und er hatte gelacht, und gemeint, *das tun wir doch, Heldi!* Er hatte einen Typen aufgefordert, ein Foto von uns zu machen, er hatte den Arm um mich gelegt, ich hatte mein Proseccoglas erhoben, und wir blieben für immer auf Sendung.

Ich dachte, wenn ich jetzt im Strom zu einer Party aufrief, würde Michalski mich vielleicht rauswerfen. Aber ich würde nicht über Techno schreiben wollen in einem Heft, das keinen Spaß verstände. Vor allem hatte ich mir ja einen würdigen Abgang gewünscht. Also bastelte ich aus dem Foto einen Flyer, und hängte ihn unten an den Text.

Held lädt zum
Lustigen Rumpurzeln mit Eule
am Sonntag, 11:59 Uhr,
an der Blankstraße 75

Heute schreiben wir uns

Am Sonntag stand ich früh auf, um die Wohnung für das Fest vorzubereiten. Ich hatte mir gedacht, Eules Zimmer zum Tanzen einzurichten, damit wir im Wohnzimmer Platz zum Herumsitzen haben würden, wie früher. Ich dachte, dass es keine bessere Kulisse gab als sein Zimmer, wie es immer ausgesehen hatte, und machte mich als Erstes daran, ein paar seiner Sachen wieder aufzustellen. Nur die Matratze ließ ich ein für allemal verschwinden. Ich hängte die Pinnwand dahin, wo vom Rauch ein dunkler Rahmen zurückgeblieben war, ich stellte seinen Tisch als DJ-Pult auf, und als der Kaktus, der enttopft auf dem Teppich gelegen hatte, wieder auf dem Fensterbrett stand, dachte ich: *So, Dicker, du kannst kommen.*

Ich wünschte mir nicht, dass er wieder einziehen würde. Aber ich hoffte doch sehr, dass er auf einen Kurzen vorbeikäme, oder einen Whiskypunsch, ab und zu. Ich hatte nur noch an den Knirps gedacht, und daran, dass ich einen Plan brauchte in meinem Leben. Ich hatte für mich sorgen wollen, und dabei vergessen, dass das ebenso hieß: für mein Glück zu sorgen. Ich stand da, sah den Kaktus, und dachte: *Nie im Leben werde ich an die Uni gehen.* Ich wusste nicht, was ich sonst tun sollte. Seit ich das Interview am Dienstag veröffentlicht hatte, hatte sich Michalski nicht mehr bei mir gemeldet. Falls er mir verzeihen würde, würde ich vielleicht doch noch eine Weile beim Strom bleiben. Was danach käme, wusste ich nicht. Aber ich wusste, dass ich mir schon etwas einfallen lassen würde.

Irgendwann hupte es vor dem Haus, und vom Fenster aus sah ich, wie Sven Dave in eine Parklücke dirigierte, der sich wahrscheinlich gar nicht helfen lassen wollte. Ich ging die Treppe runter, um sie in Empfang zu nehmen, und war erstaunt, wie warm es schon wieder war. Sven trug ein zehn Jahre altes, grün-braun kariertes Hemd, Dave hatte ein weißes Cap auf, und bevor wir uns überhaupt Hallo gesagt hatten, sagte er, dass wir doch bitte etwas Gas geben sollten. Sven schaute mich an mit einem Blick, der bedeutete, dass Dave nicht gerade bei bester Laune war, und ging mit einer Kiste die Treppe hoch. Dave schob die Tür des Busses auf, und sagte, dass er *so schnell* keine größere Anlage gefunden habe. Ich hatte mir schon etwas Anderes vorgestellt, doch hatte ich ihn erst am Donnerstag darum gebeten, eine aufzutreiben, was für seine Reaktionsfähigkeit wohl zwei Wochen zu spät war. Also trugen wir, während uns Sven bereits wieder entgegenkam, die Bassbox hoch, und sagten außer *Achtung!* kein Wort. Dave war mir immer noch fremd. Er konnte mir kaum in die Augen schauen, und schien gestresst, was überhaupt nicht zu ihm passte. Als ich sagte, dass die *anderen* jeden Moment da sein sollten, sagte er, Sara sei krank, er lege dann später für sie auf. Ich fragte, ob das ein Witz sein solle, weil ich mit ihnen gerechnet und sie mir nichts gesagt hatten. Aber wenigstens wusste ich jetzt, warum Dave so nervös war. »Darum bist du so.« – »Was soll das jetzt schon wieder heißen? So viele Leute werden es ja wohl nicht werden.« Da sei ich mir nicht so sicher, sagte ich. »Kommt Sara denn gar nicht?« – »Das musst du nicht mich fragen«, sagte er. »Und Daniel?«

Wir trugen das restliche Technikzeug in die Wohnung, und ich kam mir vor wie damals, als mein Vater mir geholfen hatte, in die Hachfelder Straße zu ziehen. Sven kämpfte derweil mit der Deko, die er zu Hause selbst gebastelt hatte. Er versuchte, irgendwelche Fäden zu entwirren, an denen Papierschnitzel hingen. Als ich ihn fragte, ob er etwas trinken wolle, rief Dave aus Eules Zimmer, dass er ein Bier nehme. »Wenn du etwas dahast, würde ich gerne eine Kleinigkeit essen«, sagte Sven. Ich hatte für uns Brot und Speck und Streichkäse und für das Fest Bier eingekauft, und mit unserem Plunder im Wohnzimmer eine Bar eingerichtet. Aber ich hatte vergessen, die Getränke kalt zu stellen. Ich trug den Sack mit dem Essen auf den Balkon, wo ich den Tisch und die Stühle bereits weggeräumt hatte. Darum *standen* wir schließlich da, und stießen mit warmem Bier an. »Sorry«, sagte ich. »Die nächsten sind im Gefrierfach.«

Sven hatte noch keinen seiner Dekofäden aufgehängt, und weder das Licht noch die Anlage liefen. Ich sagte, dass uns die Leute ja dann helfen könnten, das Ganze ein bisschen in Gang zu bringen. »Ehrlich gesagt, habe ich schon damit gerechnet, dass Sara und Daniel kommen würden.« – »Die würden das bestimmt regeln!«, sagte Dave. »Auf die wäre Verlass!« Sven spuckte in die Hand, und warf den Bissen über die Brüstung. Dann schaute er sich den Speck an, der wohl nicht mehr ganz aussah, wie er sollte. »Das kann doch nicht wahr sein!«, sagte er. »Wo hast du den denn her? Die Pisse ist auch ungenießbar.« – »Der Sveni braust ja richtig auf«, sagte Dave. »Halt die Klappe«, sagte Sven, und ging rein, um sich ein kühleres Bier zu holen. Dave trank seines in einem Zug leer, und rief, er würde bitte auch noch eins nehmen.

Dann lehnten wir an der Wand, und keiner sagte ein Wort. »Veranstalten wir jetzt hier eine Trauerfeier, oder was?«, fragte ich. »Vielleicht sollten wir den Tatsachen mal in die Augen blicken«, sagte Sven. »Wir haben uns ja gar nie von ihm verabschiedet. Er kommt nicht zurück.« – »Ach, was!?«, sagte Dave. »Er hat doch gesagt, er besuche nur kurz den Nikolaus.« – »Ich weiß ja nicht, wie es euch geht«, sagte ich. »Aber *ich* habe mich schon von ihm verabschiedet.« – »Sein Zimmer sieht ganz danach aus«, sagte Dave. »Wie hast du das gemacht, dich verabschieden?«, fragte Sven. »Ich habe ihm geschrieben.« – »*Da* steckte er also, Sveni! Er war in der Klapse.« – »Ich war hier, zu Hause. Und bei meiner Mam. Aber das interessiert dich wahrscheinlich nicht.« – »Und die hat dir seine Adresse gegeben?« – »Nein, er ist *tot*, Dave! Er ist tot. Er hat keine Adresse, weil er sich umgebracht hat. Aber ich glaube nicht, was du gesagt hast, Sven, dass er nicht zurückkommt. Wenn die Anlage mal läuft, und du es mit der Deko noch hinkriegen wirst, und die Leute ein oder zwei Augen zudrücken werden, wird der Dicke am Ende doch dasitzen, wie immer. Das wisst ihr doch selbst!«

Ich stand auf, und ging ins Wohnzimmer, um mir Svens Gebastel anzuschauen. Irgendwann kam er schweigend dazu. Als wir die Schnüre entwirrt hatten, brachte ich Dave ein Bier, und sagte, dass ich ihn nicht hätte anschnauzen wollen. Er starrte auf den Laptop, dann fuhr er die Musik hoch, und sagte: »Mehr geht halt nicht.« – »Ist doch gut so.« Er schaute auf die Uhr, und hielt sie mir hin. Es war zehn nach zwölf, und wir waren immer noch die Einzigen.

Als Erstes kamen Leute von Daniel, die mir auch nicht sagen konnten, wo er steckte, und gleich auf dem Balkon verschwanden. Es folgten Leute, die ich nur vom Sehen oder gar nicht kannte, und die wohl das Interview gelesen hatten, das nicht nur online erschienen, sondern am Freitag auch gedruckt worden war. Und als Sven und ich dabei waren, ein Loch in die Decke zu bohren, um ein Licht zu montieren, kamen dann auch die Leute vom Strom. Es war rührend, alle zusammen dastehen zu sehen, als hätten sie sich nicht getraut, allein zu kommen. Nur Michalski fehlte. Die Kirsch sagte, er habe sich *seither* komisch verhalten, und verzog das Gesicht, als ob mir noch ein Nachspiel blühen könnte. Dann zeigte sie auf ein Ding, das der Praktikant in den Händen hielt, und sagte, sie hätten etwas für Eule dabei, das sie hier gerne aufhängen würden. Soweit ich das sehen konnte, hatten sie eine Discokugel in Form eines Druckers gebastelt, auf jeden Fall etwas, das Eule sofort weggeworfen hätte. Darum sagte ich auch, dass hier schon zu viel *Technikzeug* herumliege. »Geil wäre, wenn ihr es auf der Toilette aufhängen könntet. Da haben wir noch so gut wie nichts.«

Sven hatte in der Zwischenzeit einen neuen Handlanger gefunden, weshalb ich mich der Ramschkiste annahm, die er mitgebracht hatte. Darin lagen Federn und Masken und Brillen, und da ich nie der Typ gewesen war, der sich für so etwas interessiert hatte, stellte ich sie ins Wohnzimmer, und sagte, wer wolle, solle zugreifen! Die herumstehenden Leute erinnerten mich an all die miesen Privatpartys, auf denen wir in den letzten Jahren gewesen waren. Für Eule hatte keine schlecht genug sein können, weil er nichts so liebte, wie schlechte Partys *rumzureißen*. Natürlich suchten wir uns nicht absichtlich solche aus, doch waren viele so mies, dass er bereits bei der Ankunft sagte, *dass wir das Ruder heute wohl übernehmen müssten*. Das gelang ihm dann vor allem deshalb, weil die Leute sowieso immer dachten, dass er der Veranstalter war. Wenn schlechte Musik lief, kam es, dass er nach ein, zwei Bierchen den eigenen DJ stellte. Wenn es so weit war, und *unser Mann,* der oft genug Sara war, die DJs mit Applaus abgelöst hatte, geschah es wie von Zauberhand, dass die Bude sich mit bekannten Gesichtern füllte, wodurch die Leute am Ende recht behielten, wenn sie dachten, dass Eule der Veranstalter war. Natürlich hatten die Leute vom Haus meist keine Freude an unserem Auftritt. Doch schaffte es Eule immer irgendwie, sie zu besänftigen, indem er etwas sagte wie, dass er schon sagen müsse, dass er einiges erwartet habe, *aber nicht so was, Hut ab!* Dann kam früher oder später der Moment, in dem er die Musik runterfuhr, um seine berühmte Ansprache zu halten, in der er den Leuten dankte, *die das alles möglich gemacht hätten,* und sagte, *dass nichts auf der Welt umsonst sei,* wobei er immer lachen musste, weil er selbst nicht daran glaubte, dann aber mit viel Aufhebens Geld eintrieb, um es ihnen zu übergeben.

Nun kamen zwar nach und nach Leute, nur fragte ich mich, wo die *unseren* blieben. Dass sie das Heft nicht lasen, war mir klar, doch hatte Dave gesagt, dass er es ihnen sagen würde. Als ich ihn darauf ansprach, zuckte er nur mit den Schultern, worauf ich sagte, dass es vielleicht mal an der Zeit wäre, seine Scheiß-Laune abzulegen. Dann stand plötzlich eine Kollegin vom Strom vor mir, zeigte auf mich, und sagte: »Da ist er!« Michalski war nun doch gekommen, und ich fühlte mich wie ein kleiner Junge, der erwischt worden war. Er entschuldigte sich, dass er *erst jetzt* da sei. »Aber wenn du Zeit hast, würde ich noch gerne kurz mit dir reden.« Als ich fragte, ob das *jetzt gleich* sein müsse, sagte er, es wäre schon gut, wenn wir das hinter uns bringen könnten. Also schlug ich vor, in mein Zimmer zu gehen, auch wenn es mir unangenehm war, mich da mit meinem Chef zu unterhalten.

Als ich die Tür geschlossen hatte, sagte er, er hätte eigentlich schon lange mit mir reden wollen. »Aber du hast dich ja schon etwas rar gemacht, muss ich sagen. Nicht, dass du mir noch ausbüxt!« – »Das tue ich nicht«, sagte ich, obwohl ich ja drauf und dran gewesen war, genau das zu tun. »Ich bleibe gerne noch eine Weile, wenn du mir verzeihst.« – »Heldi, wenn du mit solchen Späßen aufhörst, können wir den Laden endgültig dicht machen.« Als er sah, wie erleichtert ich war, fragte er, ob ich etwa geglaubt hätte, dass er mich rauswerfen würde. »Das alles war auf jeden Fall nicht so geplant«, sagte ich. »Ich wollte dich nicht verarschen, nur dass du das weißt. Es hat sich so ergeben.« – »Das habe ich mir schon gedacht«, sagte er. »Das ist auch nicht der Grund, warum ich mit dir reden wollte.« Dann machte er eine Pause, und ich ahnte, dass nichts Gutes kommen würde. »Ich mache es nicht mehr lange, Heldi.« Er langte sich an den Kopf. »Ein *Glioblastom*. Und ich will jetzt kein Mitleid von dir. Ich wollte dich nur fragen, ob du dir vorstellen könntest, den Laden zu übernehmen, wenn ich dann mal weg bin.« Dann lachte er, als hätte er nicht daran geglaubt, dass man wirklich einmal sterben müsste. Ich sagte, es tue mir sehr leid, und das tat es mir auch. Doch als ich ihn umarmte, klopfte er mir nur kurz auf den Rücken. »Du bist der Einzige, der das alte Strom noch erlebt hat. Du hast die Ideen, und wärst in der Lage, das Ding aus dem Sumpf zu reiten. Auf eine Weise glaube ich sogar, dass es das Beste ist, wenn ich mal Platz mache.« Ich sagte, dass er so etwas nicht sagen solle. »Es ist mir eine Ehre, dass du an mich gedacht hast. Aber ich weiß nicht, ob ich das könnte.« – »Ich will jetzt gar keine Antwort von dir. Lass es dir einfach mal durch den Kopf gehen.« Ich wusste ja, dass ich etwas ändern wollte in meinem Leben. Und seine Anfrage schien mir auf jeden Fall besser, als an die Uni zu gehen. Aber wollte ich wirklich Chef werden? »Tut mir leid, dass ich dich ausgerechnet heute damit belästige«, sagte er. »Ich hätte ja gut noch ein paar Tage warten können. Aber es schien mir der richtige Zeitpunkt zu sein, wo du doch schon einmal geübt hast, den Laden zu schmeißen. Auch wenn ich weiß, dass du das für Eule gemacht hast.«

Als wir aus dem Zimmer kamen, drängten sich alle auf den Balkon. Ich schaute verwirrt zu Michalski, und er sagte, dass ich vielleicht mal *zum Rechten* schauen müsse, als ob er von etwas wissen würde, wovon ich nichts wusste. Ich versuchte mich durchzudrängeln, bis ich auf die Straße sah, die voll war mit Leuten, die aus irgendwelchen Gründen nicht raufkommen wollten. Als ich mich bis zum Geländer gekämpft hatte, sah ich Daniel und Franzi aus der Perle Getränke verkaufen, die sie auf einem Holzwagen hergebracht hatten. Ich dachte, dass Daniel sich gedacht hatte, dass mein Kühlschrank für eine Sause zu Ehren Eules nicht ausreichte. Und ehrlich gesagt, hatte ich gehofft, dass er das denken würde. Ich rief runter, und als ihn Franzi angestoßen hatte, rief er zurück: »Wir haben eine Panne!« Ich wusste nicht, was das heißen sollte, und ging rein zu Dave, der gerade mit Fiat sprach. Der sagte, ein Rad sei abgebrochen, gleich da hinten um die Ecke. »Was für ein Rad?«, fragte ich. Da fingen die Leute an zu jubeln. Wir quetschten uns ans Fenster, und ich sah einen Traktor, daran angehängt das Schiff der Perle, mit dem sie im Sommer durch die Straßen zogen. Der Bass überlagerte sich mit dem aus meiner Wohnung, und als sie bei uns angekommen waren, sah ich, dass Sara in der Kajüte stand und auflegte.

Ich ging gegen den Menschenstrom runter durch das Treppenhaus, und endlich kamen mir die bekannten Gesichter entgegen. »Heldi, höchstpersönlich!«, rief Daniel, als ich unten war. »Geil, nicht!?« Er sprang vom Wagen, sagte seinen Leuten, dass sie hier bitte kurz übernehmen sollten, und drängte mich durch die Menge zum Schiff, wo wir zu Sara raufsteigen konnten. Ich gab ihr ein Küsschen, während sie am Mixer stand, und gerade keine Zeit für mich zu haben schien.

»Dave sagte, du seist krank«, sagte ich. »Und du hast das geglaubt?« Ich setzte mich zu Daniel aufs Sofa, wo man nichts sah, außer Sara und den Himmel. Er grinste. »Du kannst dich wirklich glücklich schätzen«, sagte ich. »Ich weiß«, sagte er. »Sie ist der beste DJ der Welt.« Er zog einen Joint hinter dem Ohr hervor, und zündete ihn an. Als ich fragte, wie sie das gemacht hätten, all die Leute zusammenzutrommeln, sagte er, sie hätten die Party ins Programm genommen. »Aber sag jetzt nicht, du hättest das nicht mitgekriegt!?« Dann saßen wir da, und rauchten, und ich dachte, dass ich den ganzen Tag dasitzen, Musik hören, und Sara beim Mixen zuschauen könnte.

Plötzlich sprang Dave herein, und sagte: »Was hab ich dir gesagt?!« Hinter ihm stand Mira. »Wusste ich es doch, dass ihr hier seid!« Sie sagte *hallo* und schien sich klein machen zu wollen. Wohl, weil sie mir das letzte Mal einen Korb gegeben hatte. »Wie bist denn du hierhergekommen?«, fragte ich. Und ich fragte mich, ob sie wegen mir da war. Sie setzte sich neben mich auf die Armlehne, und sagte, sie habe über die Perle davon erfahren. »Dann habe ich dich gesucht, aber nur ihn gefunden.« – »Was heißt da *nur?*«, sagte Dave. »Ich habe Eule halt gar nicht gekannt. Aber ich dachte, ich möchte trotzdem dabei sein.« – »Du musst!«, sagte Dave. »Schaut mal, wie er seine Freude verstecken muss. Du könntest dich sowieso mal entspannen, Bruder. Die Party *läuft.* Daniel, bereite uns doch mal was vor.« Ich hatte gerade erfahren, dass Michalski todkrank war, und plötzlich stand Mira da, und ich wusste nicht, was das alles bedeutete. »Vielleicht sollte ich noch ein bisschen warten«, sagte ich. »Jajaja, das respektieren wir natürlich, das haben wir schon immer respektiert!« Daniel lachte. »Ich würde auch gerne ein bisschen nehmen, wenn ich darf«, sagte Mira. »Natürlich! Hier nehmen alle was«, sagte Dave, und gab ihr das Telefon, auf dem die Linien lagen. »Ich habe das noch nie gemacht. Ich weiß gar nicht, ob ich das überhaupt kann«, sagte sie. »Das ist eben das Schöne!«, sagte Dave. »Dass man das nicht lernen muss. Das ist gespeichert in unseren *Genen.*« Sie zog sich das Zeug hoch, dann schaute sie mich an. Und mir blieb nichts, als die letzte Linie zu nehmen. »Sooo, jetzt aber raus hier!«, sagte Dave. »Ich habe mir den Spaß hier nur ausgedacht, weil ich *da oben* auf dem Balkon stehen wollte.« Daniel sprang aus dem Schiff, Dave küsste Sara die Hand, und sagte, wenn wir nicht spätestens in fünf Minuten oben seien, würden wir was zu hören kriegen.

»Sag, wenn ich wieder gehen soll«, sagte Mira.

»Nein«, sagte ich. »Bleib doch.« Sie sagte, das Foto auf der Einladung mit Eule habe sie berührt. »Und dass du das hier machst. Dann dachte ich, dass ich dich gerne sehen würde. Aber ich würde es verstehen, wenn du möchtest, dass ich wieder gehe. Ich war ja nicht sehr nett, das letzte Mal.« – »Nein«, sagte ich. »Ich möchte, dass du bleibst.«

Dann ließ sie sich von der Sofalehne rutschen, und hockte sich neben mich. Ich legte meinen Kopf auf ihre Schulter, und hatte Angst, dass sie gleich wieder aufstehen würde, weil sie sich das mit dem *Sehen* ganz anders vorgestellt hatte. Aber sie blieb sitzen, und neigte den Kopf zu mir. Und erst da merkte ich, wie sehr ich gehofft hatte, dass sie heute kommen würde.

Ich kam mir vor wie mit dreizehn, als ich das erste Mal in meinem Leben ein Mädchen berührt hatte. Wir gingen zusammen zur Schule, und waren schon lange ineinander verliebt gewesen, doch hatte sich nie jemand getraut, einen Schritt auf den anderen zuzugehen. Als unsere Klasse zum Ende des Jahres *im Heu* übernachtete, kam es, dass wir *zufällig* nebeneinander lagen. Wir stellten uns schlafend, bis alle eingeschlafen waren, und versuchten uns einander zu nähern, was wir uns nur trauten, wenn wir so taten, als würden wir uns im Schlaf bewegen. So vergingen die Stunden, bis draußen die Vögel pfiffen, und ich wusste, dass die Chance bald vorbei sein würde. Wir waren uns immer nähergekommen, aber nichts war passiert, außer dass ich sie atmen gehört hatte, wie eine, die alles andere als am Schlafen war. Aus Verzweiflung darüber, dass der Lehrer jeden Moment in die Hände klatschen und den neuen Tag anposaunen würde, tastete ich mich dann doch die letzten Millimeter in ihre Richtung, bis ich mit meinem kleinen Finger an ihren kleinen Finger stieß. Aus Übermut legte ich ihn gleich auf ihren drauf, und mein Herz klopfte so wie jetzt.

Ich erwachte, als Dave über die Boxen vermeldete, wer Heldi hochbringe, saufe den ganzen Abend umsonst!

»Warte kurz!«, sagte Mira. Sie griff sich in den BH, und holte den *Mönch* heraus, den ich ihr in der Perle gegeben hatte. »Ich weiß nicht, ob ich das will«, sagte ich. »Du musst!«, sagte sie. »Du hast doch selbst gesagt, dass man Spaß haben muss.« – »Ich habe ja Spaß«, sagte ich. »Aber du hättest *noch mehr* Spaß, wenn du jetzt Ja sagen würdest.« – »Kann sein«, sagte ich. »Aber ich bin mir wirklich nicht sicher, ob ich das will.« Dann küsste sie mich, als wollte sie mich zum Schweigen bringen. Und plötzlich war es ganz anders als damals, als der Lehrer jeden Moment die Magie hätte zerstören können. Auch wenn Dave etwas dagegen hatte, war es, als würde die ganze Welt auf uns warten. Sie schaute mich an, und sagte: »Ich hatte schon Angst, dass du wirst wie ich. Als du in den Laden kamst, um das Buch zu kaufen, kam es mir vor, als würde mein Spiegelbild dastehen. Das kann ich nicht brauchen. Ich will einen *Held!*« – »Das bist du doch selbst! Ich bin doch kein Held, weil ich da oben auf dem Balkon stehe, und tanze. Man ist doch kein Held, weil man Techno hört, und Drogen nimmt. Sondern weil man für sich da ist. Das habe ich von dir.«

Eule hatte immer gesagt, *wir brauchen keine erneuerbaren Energien, wir haben doch uns! Hört doch auf mit eurer Solarenergie! Alles, was wir brauchen, ist Techno.* Er glaubte, dass wir den Hahn in uns aufdrehen, und *den Saft* einfach fließen lassen können. Er sagte, *wenn wir nicht vergessen zu tanzen, leben wir für immer und eine Nacht.* Und ich glaubte ihm. Ich glaubte ihm auch jetzt noch. Und dieses Vertrauen wiegte mich jede Nacht in den Schlaf.

Aber das reichte für ein gutes Leben nicht aus. Durch Mira hatte ich gemerkt, dass ich mich bewegen musste, um die Energie zu nutzen, von der Eule sprach. Wegen ihr wusste ich, dass ich mir nicht nur eine gute Mutter, sondern auch ein guter Vater sein musste. Wegen ihr wusste ich, dass erst ein Held ist, wer nicht nur an sich glaubt, sondern auch für sich sorgen kann.

»*Du* bist es, die mich zum *Held* gemacht hat!«, sagte ich. »Ich *dich?* Das ist nicht lustig! Ich fand es lustiger, als du so tatst, als wärst du dazu geboren worden. Ein richtiger Held!« – »Ich habe immer daran geglaubt, und werde immer daran glauben, dass man niemals aufhören muss zu tanzen. Aber das reichte ja offensichtlich nicht, um Eule wieder mal einladen zu können. Dafür hätte ich eben auch Leute anfragen, und tatsächlich: eine Party schmeißen müssen. Wenn du nicht gewesen wärst, hätte ich bis heute nicht gemerkt, dass es an mir ist, etwas dafür zu *tun*. Das ist doch ebenso heldenhaft, wie überhaupt erst an etwas zu glauben. Das Eine geht doch nicht ohne das Andere.« – »Und warum hast du die Party dann nicht *für mich* gemacht?«, fragte sie, und lachte. »Sie ist nicht für ihn. Er ist Ehrengast, natürlich. Aber ich tanze doch hier nicht für den Dicken!«

Ich machte das hier ebenso wenig für ihn wie für sie. Auch wenn ich mir mindestens ebenso sehr wünschte, dass sie zu meinem Leben gehörte wie er. Doch solange ich nicht mein eigenes Ding machte, würden sie und ich uns verpassen, wie die Druidin und ich uns auf dem Hügel in *World of Warcraft* verpasst hatten. Wir hatten uns nicht sehen können, weil ich dieselbe Aufgabe angenommen hatte wie sie. Ich hatte das getan, weil ich Zeit mit ihr hatte verbringen wollen. Aber das System hatte es nicht zugelassen, dass sie, die die *Nagas* schon fast plattgemacht, und ich, der ihnen noch kein Haar gekrümmt hatte, uns unter demselben Mond treffen würden. Erst als ich die *Quest* abbrach, und für meine eigene Sache kämpfte, trafen wir uns wieder, zufällig, in der Stadt.

Anstatt für mich zu leben, hatte ich für Mira gelebt, wie ich davor für Eule gelebt hatte. Kein Wunder, hatte sie mich fallen gelassen. Ich musste mein eigenes Leben leben. Und das hieß, dafür zu sorgen, dass es mir gut ging, damit es überhaupt möglich wurde: für andere da zu sein. Es gab so viele Meinungen, die man sich anhören, Träume, die man sich ausmalen, Ideen, denen man nachgehen konnte. Mein eigenes Leben zu leben, hieß doch, mich jeden Tag erneut zu fragen, wem ich heute schreiben sollte, um mir ein guter Freund zu sein.

Ich lehnte an ihrer Schulter, wir schauten zum Himmel, und fast hätte ich sie gefragt, ob sie den Korb eigentlich zurückgenommen habe. Und was mit uns sein würde. Aber glücklicherweise sagte ich nichts. *Ich kann sie ja morgen immer noch fragen,* dachte ich. *Vielleicht hat sie ja Lust, in meine WG zu ziehen. Und wenn nicht, richte ich in Eules Zimmer eine Bibliothek ein, wie mein Vater eine hat. Und gehe jeden Tag in ihren Laden, um Bücher abzuholen. Und sie zu sehen. Oder schreibe gleich selbst eines über das Leben als Plakatierer.* Vielleicht rief ich auch meine Mutter an, und fragte, ob wir ans Meer fahren wollten, oder von mir aus auch: in die Berge. Vielleicht schrieb ich schon morgen Michalski, und sagte, dass er sich auf mich verlassen könne. Er, der mich einst allein aus einem *guten Gefühl* heraus angestellt hatte, und jetzt zur Party gekommen war, wegen der alle dachten, dass er mich feuern würde. *Und vielleicht werde ich dann ein richtiger Chef,* dachte ich. *Aber nicht heute.* Heute wollte ich hier sein. Heute wollte ich mit Sven und Dave und Daniel auf dem Balkon stehen, Eule zuprosten, und Sara zujubeln. Heute wollte ich Miras Hand halten, und in den Himmel fliegen mit allen, die mitkamen, und jenen, die längst vorausgegangen waren.

Ich dachte, dass wir heute da waren, um die Hintertür zu nehmen, und die Raketen zu starten für uns selbst, und somit auch: für die Welt. Heute malten wir uns unsere Anfangsbuchstaben auf die Brust, und sagten uns, dass wir Heldinnen und Helden waren. Heute würden wir vergessen, was andere über uns dachten, und es gerade deshalb: gut machen. Heute würden wir die Zeit anhalten, und gerade so das Leben feiern. Heute würden wir tanzen, bis die Sonne untergegangen wäre, und wir zu leuchten begännen, im Ultraviolett der Nacht.

Ich stand auf, und fragte Sara, ob sie etwas da habe. Sie zeigte auf ihre Tasche, wo ein Tütchen mit Pillen drin lag. Mira wollte wissen, was ich da machte. Ich kniete mich vor sie hin, und fragte, ob sie mir gestatte, dann suchte ich den *Mönch* unter ihrem BH, bis sie *andere Seite* sagte. »Mach *Aaah!*«, sagte ich, und ließ die Pille in ihren Mund fallen. Dann nahm ich die von Sara. »Hast du jetzt eine *Ganze* genommen?« – »Ja.« – »Und ich?« – »Auch.« – »Du hast doch gesagt, dass man das nicht tun soll. Und dass man dann aussieht wie ein Chamäleon.« – »Kann sein.« – »Warum haben wir es dann getan?« Ich wusste nicht, was ich sagen sollte. Warum hatten wir es getan?

Wir hörten jemanden an die Schiffswand poltern, dann drehte sich Sara zu uns um: »Weil wir Techno lieben!«

Das Zitat auf Seite 146–147 stammt aus: Wolfgang Borchert, *Requiem für einen Freund*, in: Das Gesamtwerk, hrsg. v. Michael Töteberg, S. 317 f., Rowohlt, Hamburg 2007.